자동차 그리는 여자

벤츠 최초 여성 익스테리어 디자이너

# 자동차 그리는 여자

| 조진영 |

열림원

모든 아기들은 세상과 처음 만나자마자 운다.

그런데 간혹 울음을 그치고 방긋 웃는 아기들이 있다고 한다.

내가 그런 아기였다.

매우 드문 경우라며 내가 태어났던 병원에서는

태어나자마자 웃는 아이들에게 "해피 베이비 배지"를 주었다.

그때 받은 분홍색 배지를 나는 지금도 소중하게 간직하고 있다.

# 이야깃거리가
# 많은 사람

**이야깃거리가 많은 사람들이 늘 부러웠다.** 경험이 많은 사람들이 부러웠다. 나도 그들처럼 이야깃거리가 많은, 경험이 많은 사람이 되고 싶었다. 들려줄 이야기가 많은 그들 모두가 나의 롤 모델이다. 그들에게 영감을 받아 나만의 이야기를 만들어가고 있다. 지금의 나는 어린 시절부터 상상해왔던 시크하고 멋있는 이십 대 후반 여성은 아니다. 여기저기 허점투성이에, 아직도 힘들면 아이같이 투덜거린다. 하지만 이런 내 모습도 썩 마음에 든다. 지금까지 그랬듯이, 안주하며 평범하게 살기보다는 늘 재미있는 걸 추구하고, 내 삶을 소중히 다루는 마음을 유지하며 살아가고 싶다. 이 책을 쓰기로 마음먹게 된 것 또한 그런 다짐에서 비롯되었다. 무엇보다 다양한 사람들과 소통을 하고 싶어 이 책을 썼다. 어느 정도 사회적 위치에 오른 성공한 사람들의 이야기를 담은 책은 시중에 많지만 꿈을 향해 달려가는 '친구'의 책은 생각보다 많지 않은 것이 나는 늘 아쉬웠다. "세상에 이렇게 사는 사람도 있구나, 나만 이런 고민을 하는 게 아니구나." 하면서 다른 사람의 이야기를 보고 듣고, 또 내 이야기도 하면서 사는 삶이 훨씬 풍성하고 재미있지 않을까? 그래서 나부터 마음을 열고 나 같은 사람도 세상에 있다고 말하기로 했다. 그러다 보면 다른 누군가도 마음을 열고 내게 말을 건네 오지 않을까 하며.

**차례**

## PART 1
# ARE YOU GOING TO SINK OR SWIM?

지금 나는 배부른 불평만 늘어놓고 있는 게 아닐까?

꿈에 그리던 회사에서 꿈에 그리던 일을 하고 있으면서

감사하는 마음을 조금은 잊은 게 아닐까?

ARE YOU
GOING TO
SINK OR SWIM?

/

나는 지금 어디에서
무엇을 하고 있는 걸까…

**가끔씩 내가 어디에서 무엇을 하며 살고 있는지** 실감 나지 않을 때가 있다. 오늘이 특히 그렇다. 아침에 일어나 여유롭게 커피 한 잔 할 시간도 없이 부랴부랴 준비를 하고 출근을 한다. 회사와 집은 차로 5분 거리밖에 되질 않는데도, 이 5분 동안 많은 생각에 잠긴다. 내가 여기서 무엇을 하고 있는 걸까, 여기는 어디일까, 지금 내가 가는 방향이 나에게 맞는 길일까, 여기가 정말 나와 어울릴까……. 주차를 하고 스튜디오까지 걸어가는 길에 다른 동료들을 보며 또다시 생각에 잠긴다. 저 사람들은 속으로 무슨 생각을 하면서 살까, 지금은 무슨 생각을 하며 걷고 있을까…… 나 혼자 너무 생각이 많은 건가? 어젯밤에도 늦게까지 생각에 빠져 있었는데, 출근길에 또 생각에 빠지다니!

내가 이렇게 다른 동료들보다 많이(그리고 깊이) 생각에 빠지는

건 어떻게 보면 당연한 일이다. 그렇게 나 자신을 위로하며 스튜
디오로 들어선다. 오늘 하루도 힘내자, 아자아자! 하는 마음으로
책상에 앉아 모든 잡생각을 뒤로하고 일단 일을 시작한다. 다행
히도 내가 하는 일은 초고도의 집중력을 요구해서 회사에 있을
때만큼은 '멍 때리는' 시간 없이, 활기찬 이미지의 나로 있을 수
있다. 하지만 퇴근길에도 나의 잡생각 여정은 계속된다. 생각은
생각을 낳고, 또 그 생각에서 다른 생각이 생겨나고, 그러다가 처
음에 무슨 생각을 했는지 잊게 되고, 결국에는 아무 생각을 말자
는 똑같은 결론에 다다른다. 그러고는 그 후에 또 다른 생각에 잠
기기. 이것이 요즘 나의 하루 일과다.

/

# ARE YOU GOING TO
# SINK OR SWIM?

**절대 찾아올 것 같지 않던 새해가 밝았다.** 다행히 독일은 휴가 일수가 많아 긴 크리스마스 휴일을 보내며 넘치는 생각들을 정리할 수 있었다. 크리스마스 휴가 시즌이 시작되기 전, 상사와 긴 대화를 나눴다. 상사이긴 하지만 나와 가장 가까운 친구 같은 존재인 그는 때때로 내가 생각을 정리할 수 있게 조언을 해주곤 한다. 그를 간단히 소개하자면, 자동차 분야에서 실력 있는 디자인으로 명성을 날리고 있는 스타 디자이너다. 영국에서 공부를 마치고 독일에 와 13년 동안 벤츠에서 커리어를 쌓았고, 벤츠의 여러 디자인이 그의 손을 거쳐 나왔다. 학생 시절부터 그를 롤 모델로 동경했고, 그의 밑에서 함께 일할 수 있다는 것이 이곳 벤츠를 선택한 중요한 이유였다. 친구들과 떨어져 13년 동안 낯선 나라, 난해한 언어, 보수적인 회사 문화 속에서 포기하지 않고 끝까지 지켜낸 순수 디자인에 대한 그의 열정. 동경하던 디자이너를 바로 옆

에서 매일 마주하고, 그와 친구처럼 지내고 있는 나 자신을 발견
할 때면 잃었던 초심을 다시 되새길 수 있어 행복해진다. 그는 여
러모로 나와 배경이 겹치기도 하고 추구하는 디자인 철학도 크게
다르지 않아 더 의지가 된다. 그는 지금의 나를 보면 자신의 젊은
시절이 떠오른다는 말을 자주 하곤 한다.

다시 돌아와서, 크리스마스 휴가 전에 그는 나를 불러 힘들고 외
롭지 않으냐고 물었다. 솔직한 심정으로 힘들다고, 때론 다 포기
하고 가족과 친구들이 있는 곳으로 돌아가 평범하고 소박하게 살
고 싶다고 대답했다. 왜 이렇게 스트레스 많고 고생스러운 길을
선택했는지, 나 자신이 가끔은 원망스럽다고. 그는 웃으면서 어
떤 느낌인지 정확히 안다고 했다. 자신도 정확하게 그런 느낌으
로 회사 생활 초기 몇 년을 보냈고, 그냥 포기할까, 다른 곳으로
갈까 생각했단다. 그리고 내게만 말해주는 비밀이지만 실제로 다
른 회사에서 인터뷰를 한 적도 있다고 했다. 지역색이 굉장히 강
한 이곳에서 외국인으로서 혼자 살아가는 게 너무나 힘들었다고
그는 고백했다. 그러나 떠나려고 하면 프로젝트가 한 개씩 더 생
기고, 기회가 더 생겨나고, 그러다 보면 더 잘하고 싶어지고, 다시
열정이 솟기 시작하고, 그렇게 하면서 멋진 작품들을 만들 수 있
었다고, 그렇게 탄생한 첫 작품이 시장에 나왔을 때 가족에게 자

신의 디자인을 보여주며 그 품에 안겨 울었다고 했다. 그러면서 그는 내게 불쑥 물었다.

"네가 물속에 빠졌다 가정하자. 하지만 육지가 도무지 보이지 않아. 그때 너는 포기하고 물에 잠길래, 아니면 육지가 있다는 희망으로 끝까지 헤엄쳐나갈래?"

"Are you going to sink or swim?"

한참 있다 나는 웃으며 대답했다.

"I have a lifeguard license. I'm a professional swimmer."

"반드시 수영해서 빠져나올 것이다." 그게 내 대답이었다(나는 실제로 라이프가드 자격증이 있다!). 그는, 내 나이 때 자신의 팀 리더가 똑같은 질문을 했고, 자기도 나와 똑같이 대답했다고 했다.

짧은 내용의 질문과 대답, 어떻게 보면 뻔한 내용의 메시지가 담

긴 대화였는지도 모르지만 나에겐 정말 큰 힘이 되었다. 그는 항상 '너를 믿는다'고 말해준다. 나의 재능과 능력을 믿고 그것에 대한 자신감을 가지라고 말해준다. 재능에 비해 자신감을 가지지 못해 웅크려 있는 거라고 다독여준다.

집에 돌아와 많은 생각을 했다. 어떻게 보면 지금 나는 배부른 불평만 늘어놓고 있는 게 아닐까? 꿈에 그리던 회사에서 꿈에 그리던 일을 하고 있으면서 감사하는 마음을 조금은 잊은 게 아닐까? 그렇게 생각하며 다시 희망을 가지게 됐다. 내일은 더 기쁜 마음으로 잘해보자고, 올해에는 행복한 마음으로 더 잘해보자고.

/
서로가 서로에게
이방인인 사이


**내가 현재 거주하는 지역 뵈블링엔.** 보블링엔? 보오오블링엔?

어쨌든 대단한 역사를 자랑하는 이 지역. 자동차를 발명하고 아름다운 차들을 만들어낸 곳. 한때는 독일 전역에서 가장 부유했던, 지금은 그 정도까지는 아니지만 여전히 여유롭고 평화로운 이 지역. 화려하게 들릴지도 모르겠지만 내가 처음 이곳에 와서 느낀 것은, 내 눈에 보인 것은 그저 황량한 벌판뿐이었다.

벤츠와 포르쉐, 보쉬, 아이비엠의 본고장인 슈투트가르트에서 조금 떨어진 외곽에 위치하고 있는 이곳, 뵈블링엔Böblingen은 2차 세계대전 때 독일에서 가장 큰 폭격을 맞은 곳 중 하나다. 많은 곳이 파괴되었음에도 불구하고 이 지역 사람들은 아주 빠르게 다시 일어섰다. 하지만 파괴된 흔적들 때문인지 새로 지은 신식 건물들이 차갑게 느껴질 때가 많은데, 그래서인지 사람들도 차갑게 느껴질 때가 있다. 속은 따뜻해도 겉으로 드러나는 분위기는 그

렇지 않은, 유럽인 특유의 무뚝뚝한 표정 문화 때문일까? 이 지역
의 극히 소수에 해당하는 동양인 여자로서 이질감을 느끼는 일은
셀 수 없을 만큼 많다. 외국인이 많지 않은 지역이라 나에게는 모
든 이가 이방인인데, 그들에게는 내가 이 지역에서 가장 눈에 띄
는 이방인일 터. 서로가 서로에게 이방인인 사이라고 정의할 수
있으려나.

이곳으로 처음 이사 왔을 때가 기억난다. 커리어에 대한 크나큰
꿈을 안고 설렘 가득한 마음으로 이곳에 왔을 때 뵈블링엔의 첫
인상은 뭐랄까…… 회색 사막이랄까. 회색 사막에 혼자 서 있는
기분. 그 정도가 그때의 감정과 가장 비슷할 것 같다. 산업 도시
라 벌판은 공장들로 가득했고, 내가 좋아하는 작은 카페들과 레
스토랑은 보이지 않았다.
이곳은 평화롭고 조용하다. 화려한 대도시에서만 살았던 나로서
는 이 고요가 오히려 불안과 공포로 다가올 때가 많다. 주위가 너
무 조용하면 오히려 잡생각이 많아지는데, 생각을 하는 것은 좋
은 것이지만 너무 많은 생각은 때로 고통을 준다는 것을 배웠다.
심미성이나 예술성보다는 실용성과 효율성을 더 중요시하는 이
지역의 문화 때문인지 이곳에서는 길거리 음악과 패션, 사람들의
웃음소리를 접하기 힘들다. 하지만 거의 제로에 가까운 범죄율과

높은 수준의 안정된 복지, 대도시에는 찾아보기 힘든 조용하고 평화로운 삶이 있다. 그래서 어떤 이들에게는 뵈블링엔이 살기 좋은 천국 같은 곳일 거다. 문제는 사람마다 꿈꾸는 천국이 다르다는 것. 패션을 좋아하고, 즉흥적이고, 사람들이 내는 시끄러운 소리를 사랑하는 나로서는 이 지역에서 혼자 살아가는 것이 힘겹게 느껴질 때가 많다. 이곳에서 검은 머리를 하고 킬힐을 신고 눈에 띄는 의상을 입은 채 거리를 활보한다는 것은 대놓고 '나를 맘껏 쳐다봐주세요!' 하고 외치는 것과 다를 것이 없다. 나를 긍정적으로 바라봐주는 이들도 있을 것이고 부정적으로 바라보는 이들도, 마냥 신기하게 쳐다보는 이들도 있겠지만, 시간이 지날수록 이 모든 시선이 마냥 따뜻하게만 느껴지지는 않는다. 가끔은 동물원의 원숭이가 된 기분이다.

어린 시절부터 여러 곳에서 자란 나의 배경을 히든카드마냥 너무 굳게 믿고 있었던 것은 아닐까. 다양한 경험을 했던 만큼 어느 곳에 가서든, 어떤 사람들과 함께하든 누구보다 적응을 잘할 것이라는 자만심이 빠져 있었다. 그러나 독일의 뵈블링엔은 내가 전혀 예측하지 못한 반경에 있었다. 예측하지 못한 시선들이 일에서도 사생활에서도 나를 따라다녔고, 나는 이 공동체에 속하기 위해 내가 좋아하는 것들을 어디까지 포기해야 하나, 고민에 빠졌다. 조금 포기해보기도 했다. 하지만 그 후에 내게 돌아온 것은 내 본연의 모습을 잃어가는 것 같은 슬픔과 두려움뿐. 또다시 같은 결론으로 귀결되고 만다. 그냥 신경 쓰지 말고 나대로 가자. 그것이 지금 내가 할 수 있는 최선이니까.

어린 시절부터 여러 곳에서 자란 나의 배경을
히든카드마냥 너무 굳게 믿고 있었던 것은 아닐까.
······그러나 독일의 뵈블링엔은
내가 전혀 예측하지 못한 반경에 있었다.

/
# 넌 어느 나라에서
# 왔니?

**누군가 나에게 소개를 해달라고 하면 몇 초 동안** 아무 말도 하지 못할 때가 많다. 어디서부터 설명을 해야 할지 감이 오지 않기 때문이다. 태어난 곳은 미국. 초등학교까지는 미국에서 보냈고 부모님을 따라 한국에 갔다. 중학교, 고등학교, 대학교까지 한국에서 다녔고, 대학원은 영국 런던, 첫 직장은 독일. 직업은 자동차 디자이너. 그 안에서도 익스테리어 디자인. 지금은 독일의 벤츠에서 일하고 있다. 나이는 만 스물여덟. 국적은 미국이지만 인종은 한국인. 성별은 여성.

간단한 버전으로 정리를 하자면, 나는 독일의 벤츠에서 일하고 있는 이십 대 후반의 한국계 미국인 여성 자동차 디자이너다. 나를 처음 본 사람 중에 내가 어디에 살고 있는지, 무슨 일을 하는지 맞힌 사람은 여태껏 단 한 명도 없었다. 거기다 덧붙여, 누군

─── 가 나에게 어디서 왔느냐고 물어볼 때면 나는 또 멍하니 있을 때가 많다. 어디서부터 설명을 해야 하지? 잠시 생각에 빠진다. 어딘가에 제출해야 하는 서류를 작성할 때, 생김새는 100퍼센트 동양인인 내가 미국 여권을 들고(여권 안에는 영국 비자와 독일 비자가 있다), 영국 메일 계정, 독일 핸드폰 번호, 독일 주소를 아무렇지 않은 표정으로 적어나가는 모습을 지켜보는 상대방의 얼굴은 꽤나 혼란스러워 보인다. 신기해하는 것 같기도 하고 이상하게 보는 것 같기도 하고…… 그 모습을 보다 보면 나 스스로도 혼란에 빠질 때가 많다.

가끔씩 집에서 청소를 하다가 중요한 서류와 카드 들을 수납하는 서랍을 열어 하나하나 펼쳐보곤 한다. 미국 여권, 미국 주민등록증, 얼마 전까지 유효했던 한국 주민등록증, 한국 학생증, 한국 운전면허증, 한국 의료보험증, 영국 학생증, 영국 교통카드, 독일 비자 거주증, 독일 의료보험증, 독일 회사 사원증……. 이것이 좋은 건지 나쁜 건지 곰곰 생각해보다가 '좋고 나쁜 건 없어. 그래도 재미는 있잖아'라고 결론을 내리고 뿌듯함 반, 허무함 반인 마음으로 다시 서랍 안 제자리에 정리해놓는다.

유럽에서 일을 하다 보면 외국인 동료들, 친구들에게 '신기하다'

는 말을 종종 듣는데, '줄리아나(진영)는 어느 나라 사람이다, 하고 단정 짓기가 어렵기 때문'이란다. 한국인으로서의 뿌리가 깊지만 여러 문화가 섞여 있는 것 같다는 말도 덧붙인다. 외국에서 외국인에게 이런 말을 들을 때면, 나는 내 어린 시절이 자주 떠오른다. 특히 요즘 들어 곧잘 회상에 잠기곤 한다.

내가 미국에서 살았다고 하면 인종차별은 없었는지 묻는 사람들이 아직도 많다. 내가 살던 지역은 미국 오리건 주에 위치한 포틀랜드. 경치가 굉장히 아름답고 복지 제도도 훌륭한 곳이다. 지금은 잘 모르겠지만 그때는 동양인이 거의 살지 않았는데, 그곳에 살면서 나는 단 한 번도 인종차별을 느껴본 적이 없다. 미국이라는 나라에 사는 다양한 민족 중 하나이지 동양인이라고 따로 구별하지는 않았기 때문이다.

그곳에서 성당에 다녔는데 규모가 꽤 컸다. 성당 주최로 인터내셔널 데이International Day 행사가 열렸을 때였다. 전통 의상을 입은 아이들을 통해 다양한 인종들과 그 국가의 문화에 대해 간략히 소개하는 개념의 행사였는데, 엄마는 내게 한복을 입혀주셨다. 큰 무대에 다양한 나라의 어린이들이 쪼르르 줄지어 섰고, 신부님께서 한 명씩 인터뷰를 하셨다. 영문을 모른 채 한복을 입고 서 있던 내 앞으로 신부님이 다가오셨다. 내 차례가 된 거다.

"넌 어느 나라에서 왔니?"

"미국이요."

내 대답에 어른들은 모두 웃음을 터뜨렸다. 한복을 곱게 차려입은 아이가 한국에 대해서 소개해줄 것을 기대했을 테니 지금 생각해보면 그 웃음이 당연히 이해가 되지만, 미국에서 태어나고 자란 어린 나로서는 잘 이해되지 않았던 웃지 못할 에피소드다.

초등학교에서 동양의 건축물과 그 문화를 그림으로 표현하는 수업이 있었다. 그림 그리기를 가장 좋아했던 나는 그동안 상상해왔던 한국의 집과 가족을 그렸다. 물론, 내가 그린 그림 속의 뾰족한 서양식 이층집과 마당에서 뛰어노는 큰 개는 미국의 여느 가정집의 그것과 다를 것이 없었다. 어렸을 때는 '어느 나라에 속해 있는 어떤 사람이다' 하는 개념을 갖고 있기보다는 '나는 미국에서 살고 있는 머리가 까만 사람이다' 하고 생각했던 것 같다.

내 문제로 한 번도 걱정을 표현한 적 없으셨던 부모님이지만 지금 하시는 말씀을 들어보면, 내가 한국인이라는 정체성을 갖지 못할까 많이 걱정하셨다고 한다. 부모님께서는 틈날 때마다 한국어를 가르쳐주셨고, 다섯 살이 되는 해부터는 한글로 일기를 써보라고 하셨다. 1991년도 내 첫 한글 일기장의 맨 앞장에 엄마가 남겨주신 글을 보면 그때 부모님이 어떤 마음이셨을지 공감이 간다. 항상 한국 음식을 해주시고, 한국 책을 읽어주시며 한국에 대해 끊임없이 좋은 얘기를 해주셔서 처음 한국에 왔을 때 나는 한국이 참 궁금했다.

"나는 한국인이다"라는 정체성을 갖게 된 것은 아이러니하게도 한국이 아닌 외국에서였다. 인종차별을 받고 있다는 느낌은 나와 피부색이 다른 미국 사람들 속에서가 아니라 한국에서 받았다. 한국어 발음이 부정확하고, 미국에서 태어나 살았다는 이유로 한국인으로서의 자격을 갖추지 못했다는 편견을 가진 한국 사람들이 너무 많았기 때문이다. 하지만 꼭 한국에서 태어나 자라야만 한국인의 자격을 갖춘다고 생각하지는 않는다. 오랜 외국 생활에서 쌓은 경험과 그로 인해 생긴 객관적 안목으로 한국의 것, 우리의 것을 더 좋게 바꾸고 잘 알릴 수 있다면, 한국인이라는 자부심을 가져도 되지 않을까. 나는 나야말로 한국만이 가진 고유한 아름다움을 지키고 알리는 역할을 누구보다 더 잘해낼 수 있을 거라고 생각한다. 세상에는 저마다 잘할 수 있는 자기만의 영역이 분명히 있다고 본다. 나는 나만의 시각으로, 나만의 위치에서 한 국을 알리고 사랑하고 있다.

그래서 다시,

누군가 나에게 어디서 왔느냐, 고향이 어디냐 물어볼 때 나는 농담으로 하늘에서 왔다, 지구에서 왔다고 대답한다. 이따금씩 정체성 혼란의 시기가 찾아오기도 하지만 어쨌든 나는 그대로이고 변하지 않는다. 나는 그냥 나, 조진영이다. 혼란스럽고 때로는 너무나 힘들고 외롭지만, 나름대로 바쁘게 무언가를 하며 무언가를 위해 열심히, 나만의 방식으로 나답게 살고 있다.

나를 잃지 말자고 속으로 외치며 오늘도 씩씩하게 집을 나선다.

/
## 최초의 정규직
## 여성 디자이너

**자동차 디자인을 공부하면서 이 분야에 여성이 적다는 것을** 알게 되었다. 심지어 지금 일하고 있는 회사의 디자인 팀에 들어가니 여성이 한 명도 없었다. 적을 것은 예상하고 있었지만 한 명도 없을 줄이야……. 익스테리어 팀에서는 내가 최초의 정규직 여성 디자이너란다. 모든 자동차 회사를 통틀어 가장 오랜 역사를 자랑하는 이 회사가, 이전에 단 한 번도 여성 익스테리어 디자이너를 고용한 적이 없다니, 믿어지지가 않는다.

보통 팀 안의 유일한 여성 디자이너라고 하면 부러운 시선을 많이 보낸다. 여성으로서의 매력 포인트가 적용될 것이라는 기대에서 비롯된 것인 듯하다. 그런 말을 들어도 기분이 나쁘지는 않다. 나도 그렇게 생각했으니까. 그리고 조금은 기대를 했는지도 모르겠다. 하지만 기대는 기대일 뿐이었다. 남성들로만 이루어진 분야에서 여자 혼자 일한다는 것은 역시나 힘든 일이다.

여성디자이너로서 장점이 없다고는 말하지 못하겠지만 그만큼 단점도 많이 따른다. 남성들만이 지배해온 이 분야에서 여성 디자이너는 일을 잘해도 못해도 무슨 말을 꼭 듣기 마련이다. 그로 인해 하늘을 나는 듯한 기쁨도 느껴봤고, 하늘이 무너지는 듯한 상처도 받아봤다. 그래도 직접 겪어보았으니 후회는 없다. 처음으로 돌아가 선택을 하라고 해도 나는 같은 선택을 할 것이다.

지금은 소소한 일에서부터 큰일까지, 어떻게 일을 받아들이고 어떻게 앞으로 나아가야 하는지 배우고 있는 단계라고 생각한다. 하지만 이따금 느껴지는 외로움에는 나도 어쩔 도리가 없다. 가끔은 나 자신이 투명한 유리관 안에 갇힌 새처럼 느껴진다.

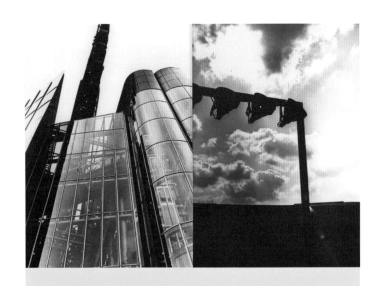

외로움과 싸우는 것.
그것이 내가 이 회사에서, 이 나라, 이 도시에서
배우고 있는 가장 중요한 레슨이다.

/
# 때로는 남자 동료들에게서
# 도망치고 싶다

**남자 동료들끼리만 통하는 대화들은 수없이 많다.** 여자 직원이 많지 않기 때문에 내가 공감을 하지 못할 것이라는 생각조차 하지 못하는 것 같다. 이제는 공감이 안 가도 공감 가는 척하기, 깜짝 놀랐어도 안 놀란 척하기의 마스터가 되었다. 주된 얘깃거리는 '여자'. 정말 심하게 많이 한다. 지나가는 여자 하나하나에 대해 모든 걸 얘기한다. 나이 지긋한 아저씨 동료들도 마찬가지. 노총각 아저씨 동료들은 말할 것도 없다. 한두 번은 괜찮지만 점심시간마다 이런 대화가 끊이질 않다 보니 불편할 때가 많다. 아니, 이제는 그냥 지루하달까. 가벼운 연애 얘기에서부터 지나가는 여자 얘기, 레고 얘기, 차 얘기…… 그리고 또 차 얘기, 여자 얘기 다시 차 얘기. 남자들은 여자들보다 수다를 떨 때 다루는 주제들이 훨씬 적고 한정되어 있다는 것을 새삼 느낀다. 여자들은 애완동물, 남자, 쇼핑, 머리 스타일, 패션, 친구, 연예인 등등 할 얘기가

—— 무궁무진하지 않은가. 그런 가벼운 대화가 너무 그립다.

가족들, 친구들보다 더 많은 시간을 함께 보내는 남자 동료들, 그런 그들과 대화를 나눌 수 있는 점심시간은 내게 아주 소중한 시간이다. 하지만 가끔은 도망치고 싶다. 절대 그들이 싫어서가 아니다! 그래서 실제로 한 달에 한 번쯤은 혼자 책상에서 쇼핑 사이트나 웨딩 사이트를 보면서 평화롭게 샌드위치를 먹는다.
여자 동료들이 많은 회사를 다니는 내 모습을 자주 상상해본다. 물론 여자들만 많아도 그 안에서 이런저런 문제들이 생겨날 수 있겠지만, 한 번쯤, 아니, 꼭! 그런 곳에서 일해보고 싶다.
그래, 그걸 미래의 목표들 중 하나로 잡자. 언젠가 패션계에서도 꼭 한번 일해보리라 다짐하며, 나는 오늘도 남자 동료들과 점심을 먹으러 간다.

/
## 나 없이도 회사는
잘 돌아간다

**모든 직장인들이 그렇겠지만 회사에서의 내 기분은 업앤다운**의 연속이다. 어제는 회사의 에이스 대우를 받았는데, 오늘은 존재하지 않는 투명인간 같은 느낌을 받는다. 보스들이 내 작업을 마음에 들어 하지 않을 때는 눈빛만 봐도 알 수 있다. 나를 바라보는 시선은 나를 통과해 내 뒤의 사물을 바라보는 듯하다. 구체적으로 설명하기는 어렵지만, 그런 느낌이 든다.

연달아 만족스럽지 못한 리뷰를 받고 꼭 하고 싶었던 프로젝트에서 제외될 때마다 나는 조금씩 더 투명해진다. 나는 이렇게 조용한데 다른 사람들은 왜 다들 그렇게 바쁘게 뛰어다니는지. 나 없이도 회사는 잘 돌아간다는 것을 확인할 때면 내가 왜 여기 있는지 종종 회의가 든다.

요즘에는 이러한 우울함을 조금씩 즐기기 시작했다. 이제 책상에 앉아 페이스북도 할 수 있겠구나, 하는 가벼운 마음으로. 그렇게 언젠가 찾아올 에이스의 시기를 준비한다.

/
나에게 돌아온 한마디,
"I don't like it."

**수백 번도 더 해본 프레젠테이션을 할 때마다** 극도로 긴장하는 나를 본다. 디자인 선발 프레젠테이션이 있을 때마다 디자이너들은 분주히 포스터를 준비하고 작업한다. 그리고 당일이 되면 멋있고 스마트하게 차려입고 회사에 출근한다. 한 개당 몇 미터씩 되는 포스터들을 큰 프레젠테이션 홀에 붙이는 작업을 마치고 디자이너들은 제각각 발표 준비를 하며 다른 디자이너들의 작업을 처음으로 둘러본다. 이때부터 내 가슴은 떨리기 시작한다. 최선을 다해 디자인 스케치를 했다고 생각했는데, 내 작업 바로 옆에 놓인 동료들의 신들린 스케치들을 볼 때면 가슴이 철렁 내려앉는다. '와, 아이디어 좋다!' '나는 왜 저렇게 생각하지 못했지?' '스케치 정말 멋있다!' 동료들에게 칭찬을 건네면서도 나는 이런 작업들 속에서 내 아이디어를 어떤 식으로 설득시켜야 하나 머릿속으로 생각하느라 여념이 없다. 객관적인 눈으로 내 작업을 분석하고 남들의 작업과 비교해야 한다. 그래야 정확한 셀링 포인트를 잡을 수 있다.

하지만 객관적인 눈을 갖기란 쉬운 일이 아니다. 내가 저걸 하느라 얼마나 많은 시간을 투자했는데…… 그렇게 생각하는 순간부터 힘들어진다. 이런저런 생각들이 겹치고 만감이 교차할 때쯤 빅보스들이 등장한다. 빅보스들은 말 그대로 카리스마 자체라 해도 과언이 아니다. 등장하는 순간부터 차림새, 목소리 톤, 제스처까지 하나하나가 위압적이다.

모든 자동차 회사가 남성 중심이긴 하지만 그중에서도 벤츠는 가장 남성적이고 보수적인 회사로 알려져 있다. 벤츠의 보스들은 내가 이전에 보았던 다른 회사의 보스들보다 훨씬 남성적이고 때론 엄격하고, 마음에 들지 않는 것에 대해 빈말 없이 직설적으로 비판한다. 벤츠에서의 첫 프레젠테이션이 생각난다.

○

긴장된 마음으로 프레젠테이션을 마친 후
나에게 돌아온 첫마디이자 마지막 한마디,

○

"I don't like it."

퇴근 후 꾹꾹 참았던 눈물을 하염없이 쏟았던 기억. 이제는 익숙해졌고 상처받지도 않는다. 오히려 솔직하고 직설적으로 비판해주는 보스들 덕분에 칭찬을 들었을 때는 진심으로 기쁘다. 보스들은 프레젠테이션 홀에 들어와 큰 소리로 "Hello, my Colleagues! So show me your ideas!" 하고 외친다. 디자이너들은 하나둘씩 차례대로 발표를 해나가고, 내 차례가 다가올 때까지 나는 심호흡을 하며 긴장을 푼다. 내 차례가 되면 나는 정장 차림의 보스들, 이사진들 앞에서 일단 최대한 아주 밝게 웃는다. 긴장한 탓에 뭐라고 설명했는지 기억도 나지 않는 횡설수설 프레젠테이션이 끝나고 어느 정도 긍정적인 피드백을 받을 때면 내 작품이 뽑힐 수도 있다는 희망에 부푼다.

모든 디자이너들의 발표가 끝나면 다음은 스케치 셀렉션. 보스들이 스티커를 들고 홀을 한 바퀴 돌며 마음에 드는 스케치를 고른다. 이때 디자이너들도 함께 도는데 내 포스터 앞을 지나갈 때의 긴장감은 이루 말할 수가 없다. 내 포스터에 스티커들이 붙여질 때면 가슴이 벅차올라 미소를 숨길 수가 없다. 미소를 지으며 감사하다, 모델을 잘 만들어보겠다, 인사를 하고 초기 경쟁에서 떨어진 동료들에게 축하 인사를 받는다. 하지만 행복한 감정은 집에 돌아와서 마저 만끽해야 한다. 동료들은 그야말로 씁쓸한 표정을 짓고 있기 때문이다. 위성 스튜디오의 디자이너들까지 합쳐 프로젝트당 20~30명의 디자이너가 경쟁에 참여하면, 그중 3~4개, 혹은 중요한 프로젝트일 경우에는 5개 정도의 스케치가 선정된다.

이 스케치들은 바로 3D 모델 작업에 들어간다. 쉽게 만들 수 있고 여러 대를 함께 비교할 수 있는 실제 자동차 사이즈의 4분의 1, 혹은 3분의 1 사이즈로 작업한다. 3D 모델을 만들 때는 클레이를 사용하는데, 이때 디자이너는 클레이 모델러들과 호흡을 맞춘다. 스케치는 아무리 잘한다 해도 마지막 결과물이 어떤 형태일지 상상하는 데 도움을 주는 하나의 이미지에 불과하기 때문에, 모델을 잘 만드는 것이 정말 중요하다. 스케치만 잘해서는 좋은 디자이너가 될 수가 없다. 자동차 디자인은 조형 감각이 중요한 만큼 모델을 많이 만들어본 경험이 큰 도움이 된다.

나는 스케치만 잘하는 젊은 디자이너에 속했다. 모델 작업을 잘할 수 있다는 증명이 필요했고, 그러기 위해서는 최대한 많이 초기 스케치 셀렉션을 통과해 모델을 만들 기회를 따내야 한다. 기회를 한 번씩 얻을 때마다 그다음 단계가 막막하고 두렵기도 하지만 그런 과정을 조금씩 뚫고가는 나 자신이 뿌듯하다. 이러한 과정을 거치며 빅보스들에게 느끼는 위압감도 조금씩 줄어들고

있다. 모델 작업에 들어가면 점점 더 치열해지는 경쟁 속에서 또 한 번 좌절감을 경험하게 되지만, 그럴 때마다 초기 셀렉션에서 느꼈던 행복을 떠올리고 초심을 되새기며 나 자신을 위로한다.

/
베이비 보스
줄리아나

**4분의 1 사이즈 모델 셀렉션.** 이 단계는 초기 디자인 셀렉션보다 경쟁이 훨씬 더 치열하다. 파이널까지 갈 확률이 커진 만큼 참여하는 디자이너들의 신경전이 대단하다. 전 세계에서 가장 실력 있는 디자이너로 구성된 우리 팀에서 일대일 모델 작업의 기회를 얻는 과정은 대학 입시를 방불케 한다. 4분의 1 사이즈 모델까지 어렵게 몇 번의 기회를 얻었고, 그 후 일대일로 가는 모델 셀렉션에서 몇 개는 실패했고, 운 좋게 몇 개는 올라갔다.

최종 일대일 모델 파이널 3까지 갔을 때는 정말 온 세상을 다 얻은 것처럼 기뻤다. 두 명의 모델러들과 작업을 하다 일대일 모델로 가면 네다섯 명의 모델러와 함께 일하게 되는데 이때 디자이너는 모델러들의 보스가 된다.
모든 디자인 작업을 손으로 직접 해내는 벤츠 정신에 따라 모델러들은 경력이 더할 수 없이 화려하다. 아버지뻘 되는 장인들을 지휘하는 일은 부담스럽기도 하지만 무엇보다 영광스러운 일이기도 하다. 요즘엔 회사에 출근하면 모델러들이 "베이비 보스 줄리아나 왔다!"라고 외친다. 그러고는 "베이비 보스, 여긴 어떻게 할까요?" 하고 물어주신다. 모델 작업 중에 테이프로 라인을 붙이는 작업이 있는데 경력이 부족한 내가 삐뚤빼뚤하게 라인을 붙여도 알아서 고쳐주시곤 한다. 실제 사이즈에선 수직선도, 수평선도 붙이기가 너무 어렵다. 모델러들은 쩔쩔매고 있는 나를 보며 딸 보듯이 웃어주시고, 그럴 때마다 나는 "좋은 라인을 만들려면 시간이 아주 오래 걸릴 테니 마트에 가서 뭐 좀 드시고 오세요!" 하고 농담을 건넨다. 다른 디자이너들에 비해 경험이 부족한 나로서는 모델러들을 즐겁게 해주고 웃으며 함께 작업하는 수밖에는 살아남을 길이 없다.

베이비 보스라는 귀엽고 행복한 애칭을 들으며 모델러들과 즐겁게 작업하는 것. 요즘 나를 설레게 하는 일이다.

**PART 2**
# 나는 내가 좋아하는 것을 한다

이번만큼은 나만이 할 수 있는 것을 찾고 싶었다.

오랜 고민 끝에 내린 결론은 단순했다.

내가 좋아하는 것을 내 마음대로 해보자.

ARE YOU
GOING TO
SINK OR SWIM?

/

# FUNNY GUY + PRETTY WOMAN
# = HAPPY GIRL

**뭐든지 부딪히고 도전하고 보는 내 성격은 부모님으로부터** 영향을 많이 받은 것 같다. 아니, 정확히 말하면 두 분이 만나 서로 사랑하고 가정을 이루기까지의 그 러브 스토리에서.

외할아버지는 군인 출신으로 굉장히 엄한 분이셨다고 한다. 엄마는 그런 외할버지의 귀한 셋째 딸이셨다. 아빠는 외할아버지가 강의하시는 교양 과목을 수강하는 학생이었는데 외할아버지는 똑똑하고 패기 넘치는 아빠를 제자로서 무척이나 아끼셨단다. 집에 아빠를 자주 초대하셨는데 그렇게 아빠와 엄마의 첫 만남이 이루어졌고, 아빠는 엄마를 보자마자 첫눈에 반해버렸다는 스토리. 아빠는 그 후로 3년 동안 엄마를 바라보기만 하셨단다. 심지어 3년 동안 삼촌 과외를 해주시면서 엄마를 만나려고 집 앞에서 하염없이 기다리셨단다. 엄마는 미술을 전공해 미적 감각도 뛰어

나고 누구나 인정할 만한 미인으로 내가 봐도 참 매력적인 여성
이다. 그런 엄마를 따르는 남자들이 얼마나 많았을까? 그야말로
조건 좋은 남자들도 많았을 텐데. 그런 엄마의 마음을 흔들었던
건 다른 게 아닌 말 한마디였다. "사귀자"가 아니라 "결혼하자"는
말. 엄마는 아빠의 패기가 마음에 들었던 거다.

지금 생각해보면 아무것도 결정된 것 없고 가진 거라고는 젊음
과 패기뿐인 아빠를 선택한 건 엄마로선 굉장한 모험을 한 것이
었다. 어린 나이에 사랑 하나만 믿고 결혼하고 유학을 가고, 허니
문 베이비로 생긴 나를 키워야 했던 부모님. 집안의 반대가 있어
유학을 가서도 경제적 도움 없이 독립적인 결혼 생활을 하셨다.
생활비도 모두 장학금을 받아 해결하셨다. 지금의 나보다도 훨씬
어린 나이에 그 모든 일을 해내셨다.

아빠가 굉장히 논리적이고 이성적이라면 엄마는 아티스트의 기
질을 타고난 분으로, 서로의 다른 면에 끌렸던 것 같다. 엄마는
교수가 되겠다는 아빠의 삶이 불안하면서도 한 번도 의심하지 않
고 믿어주셨는데, 그 사랑에 힘입어 아빠는 이른 나이에 교수가
될 수 있었다. 일단 재능을 믿고 과감하게 결단을 내리고, 그 뒤
에는 재지 않고 추진하는 엄마의 선택이 지금의 결과를 이뤄낸

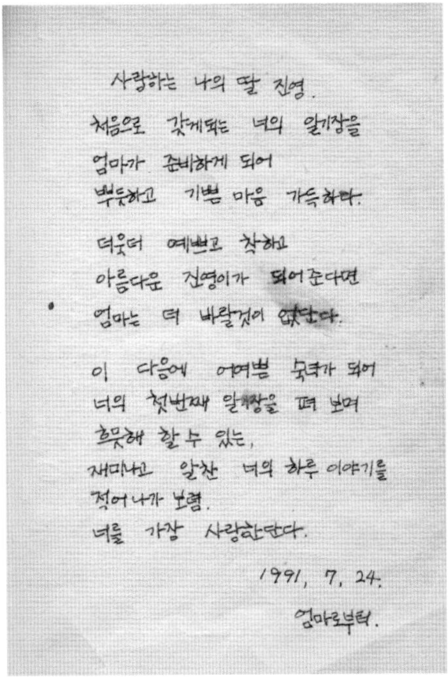

사랑하는 나의 딸 진영.

처음으로 갖게되는 너의 일기장을
엄마가 준비하게 되어
뿌듯하고 기쁜 마음 가득하다.

더욱더 예쁘고 착하고
아름다운 진영이가 되어준다면
엄마는 더 바랄것이 없단다.

이 다음에 어여쁜 숙녀가 되어
너의 첫번째 일기장을 펴 보며
흐뭇해 할 수 있는,
재미있고 알찬 너의 하루 이야기를
적어나가 보렴.
너를 가장 사랑한단다.

1991, 7, 24.

엄마로부터.

것이다. 수학을 전공하셨으니 계산을 참 잘하실 텐데, 아빠는 인생을 살아오시면서 전혀 계산하거나 따지지 않으셨다. 유복한 집안에서 공주처럼 자란 엄마는 미국에서 유학하는 동안 공부하면서 파트타임으로 일하셨다. 요리도 그때 처음 해보셨다고 한다. 임신한 부인을 자전거 앞에 태우고 다녔다던 젊은 아빠의 모습은 내가 상상해봐도 정말 아름답다.

부모님은 힘들게 공부를 하셔서 아이는 하고 싶은 것을 하며 살게 하겠다고 결심하셨다 한다. 그리고 실제로 그렇게 해주셨다.

/
나는 내가
좋아하는 것을 한다

**요즘 회사에 가면 이제 막 변성기가 찾아올까 말까 한** 어린 학생들이 스튜디오에 앉아 있다. 아이들은 앉아서 간략한 브리핑을 듣고 직접 자동차를 스케치하기도 하고, 스튜디오를 돌아다니며 동료들과 나의 작업물을 구경하기도 한다. 그러면서 이것저것 궁금한 것들을 물어보면 나와 동료들은 우리가 어떤 식으로 공부를 했고, 무슨 일을 하고 있는지 친절하게 설명해준다.

대학에 들어가려면 한참 더 있어야 하는 이 친구들은 지금 인턴십 중이다. 자신의 적성에 맞는 전공을 선택하기 전에 실제 프로페셔널 월드에서는 어떻게 일하고 있는지 엿볼 수 있는 일주일간의 인턴십. 학생들은 디자인 팀을 포함해 모든 부서들을 하루씩 경험해보고 다시 고등학교로 돌아가 전공 선택에 대해 더 깊이 고민한다. 물론 누군가에게는 이런 제도가 마냥 지루하게 느껴질 수도 있다. 몇몇 학생들은 하루 종일 몸을 비비 꼬다가 간다. 하지만 이런 인턴십을 당연하게 경험하는 학생들을 보면 참 부럽다.

## STEP 1  ACADEMY vs ART

어렸을 때 나는 참 다재다능한 아이였던 것 같다. 잘난 척이 아니다. 나는 여러 방면에 걸쳐 재능이 조금씩 있고 시도하는 것도 좋아했다. 어느 하나를 특별히 잘하지는 못했다는 것이 문제였지만 말이다. 악기도 이것저것 손을 댔다가 포기했고, 피아노는 꾸준히 쳤지만 음대에 갈 정도는 아니었다. 운동을 좋아해 기계체조와 수영을 꽤 오래 했지만 체대를 갈 정도로 잘하지는 못했고, 어느 정도 꾸준히 성적을 유지해 공부는 꽤 잘하는 편이었지만 법대나 학문계로 갈 만큼은 아니었다.

적성에 대한 고민은 꽤 어린 시절부터 시작됐다. 감수성이 풍부하고 툭하면 공상에 빠졌던 나는 음악가가 되고 싶기도 했고, 환자들에게 피아노를 쳐주는 의사가 되고 싶기도 했고, 멋진 정장을 입은 변호사가 되고 싶기도 했다. 펑키한 헤어스타일의 화가가 되고 싶기도 했고, 때로는 똑똑한 외교관, 단정한 아나운서, 카리스마 있는 직업군인까지 다양한 꿈을 가슴에 품었다. 하지만 내가 가장 좋아하고 잘할 수 있는 것이 무엇일까에 대한 고민의 결론은 지금 생각해보면 늘 같았다.

바로, 예술.

아름다움을 표현하는 예술가가 되고 싶다는 내 꿈은 어린 시절 무의식 속에서부터 자리를 잡고 점차 더 뚜렷해져갔다. 어떤 것을 배워도 금세 싫증을 내고 다른 것을 하기 일쑤였지만, 그림 그리기나 만들기만큼은 시간이 아무리 지나도 마냥 즐겁기만 했다. 엄마와 함께 지점토로 꽃을 만들고 오븐에 굽고 색을 칠했던 것, 양초로 백지에 그림을 그리고 물감으로 칠했던 것, 야생 공원에 가족과 다 함께 이젤을 들고 나가 자연물 하나를 정하고 끝까지 묘사하며 그렸던 것, 깨끗한 선을 그리려고 숨도 안 쉬고 집중했던 것…… 몇 살이었는지 기억도 나지 않을 정도로 어렸을 때의 일들이지만 이 모든 것들이 생생하게 기억난다. 어느 해 크리스마스를 앞두고는 엄마와 특별한 크리스마스트리를 만들었다. 엄마는 거실의 흰 벽에 크리스마스트리의 초록색 아웃라인을 그리시고, 나더러 그 안에 자유롭게 장식들을 그려넣어보라고 하셨다. 평면의 크리스마스트리를 꾸며보라고 한 것이다. 지금 생각해도 정말 참신하고 모던한 아이디어라는 생각이 든다(언젠가는 디자인 아이템으로 만들 생각이다).

단순히 좋은 취미나 특기라고만 부르기에 나는 예술을 너무 사랑했다. 그래서 고민 끝에 미대에 진학하기로 결정했다.

**STEP 2**   FINE ART vs COMMERCIAL ART

문과 공부에 집중되어 있었던 외국어 고등학교를 나와 자유로이 미대 입시를 준비할 수 있는 일반 고등학교로 편입을 하게 되었다. 막상 미대에 가겠다고 결정했지만 무슨 과를 지원해야 할지 막막했다. 가장 오래 고민했던 것이 순수 회화를 할 것인가, 상업 예술을 할 것인가의 문제였다.

대학 입시에 필요한 점수나 실기 시험을 보는 데 필요한 기술에 대한 정확한 정보들은 있었지만, 구체적인 전공 분야들에 대한 정보를 얻기는 어려웠다. 나를 정확히 관찰하는 수밖에는 없었다. 나는 한 번도 본 적 없는 새로운 형태로 창의적인 그림을 그리거나 조각을 만드는 쪽보다는 사람들의 의견을 반영하여 기존에 있던 틀을 모던하게 변화시키는 쪽을 더 좋아했다. 그리고 실제로 작동되는 것을 만드는 것을 좋아했다. 집에 있는 가전제품들은 거의 모두 한 번씩 분해하고 조립해봤을 만큼.

나는 대중들과 많은 소통을 할 수 있는 상업 예술, 디자인에 더

적합하다는 결론이 나왔다. 그때그때 변하는 사람들의 니즈<sup>needs</sup>

와 원츠<sup>wants</sup>를 귀 기울여 듣고, 그것을 하나의 제품이나 건축, 패

션에 반영하여 상품화하고, 그로부터 또 다른 새로운 문화를 창

출해낼 수 있는 디자인의 세계가 큰 매력으로 다가왔다.


**STEP 3**   VISUAL COMMUNICATION DESIGN vs

INDUSTRIAL DESIGN vs FASHION DESIGN


문제는 디자인에도 무척 많은 분야가 존재한다는 것이었다. 크

게 세 부류로 나누면, 시각 디자인, 산업 디자인, 패션 디자인. 사

실 가장 관심 가는 분야는 패션이었지만, 패션 디자인을 잘할 수

있을지는 의문이었다. 단순히 좋아하는 것과 그 분야의 디자인

을 잘할 수 있는 것은 확연한 차이가 있기 때문이다. 패션을 정

말 좋아하고 관심도 많았지만 패션 디자인을 잘할 거라고는 생

각되지 않았다.

이제 남은 것은 시각 디자인과 산업 디자인. 그래픽 작업과 삼차

원적인 물체 만들기를 좋아했던 나였기에 시각 디자인과 산업

디자인 모두 매력 있는 분야로 다가왔다. 예술가셨던 엄마와 수

학 교수이신 아빠께 많은 영향을 받았으니 공학적인 제품을 예

술적 재능과 결합시키는 데 좀 더 소질이 있을 것 같았다. 산업 디자인을 공부해보기로 했다.

지금 생각해보면 깊이 있는 정보와 현실적인 경험 없이 빠른 시간 내에 전공 분야를 고민하고 선택해야 했던 학창 시절에 대한 아쉬움이 많이 남는다. 이곳 독일의 일주일 인턴십이 새삼 부러운 이유다.

## STEP 4  PRODUCT DESIGN vs CAR DESIGN vs SPACE DESIGN

그렇게 오래 고민했건만, 산업 디자인은 또다시 세 분야로 세분화되었다. 그중 하나의 전공으로 졸업해야 했다.

제품 디자인, 자동차 디자인, 공간 디자인으로 나뉜 산업 디자인 세계에서 난 또 고민의 갈림길 앞에 섰다. 다행히 2년 동안 직접 배우고 경험하고 난 후, 3학년부터 전공을 선택할 수 있었다. 세 분야를 동시에 배운다는 것은 쉬운 일이 아니었다. 제대로 배우려면 엄청난 시간과 노력이 뒤따른다. 꿈에 그리던 학교에 합격한 기쁨에 부풀어 화려한 대학 생활에 대한 기대와 설렘으로 가득 찼던 것도 잠시뿐, 나의 현실은 폭탄 과제에 휩쓸렸다. 세수는

대충 여자 휴게실에서, 작업하던 책상 밑에는 늘 침대와 난로가
있었고 나와 동기들은 문구점에서 파는 세 줄 슬리퍼에 머리부터
발끝까지 이어진, 텔레토비 우주복처럼 생긴 작업복을 입은 채로
아무 거리낌 없이 홍대 거리를 활보했다.

외국에서 학교를 다닌 동료들을 포함한 많은 이들이 세 분야를
모두 배우고 난 후에 구체적인 전공을 선택하는 대학의 교육 방
식에 이의를 제기하는 것이 사실이다. 그다지 효율적이지 않다는
것이다. 하지만 나는 이 과정이 반드시 필요하다고 생각한다. 한
분야를 더 깊이 있게 파고들기 위해서는 그와 비슷하면서도 다른
분야 또한 잘 이해하고 있어야 한다고 믿기 때문이다. 자동차 디
자인을 하는 데 있어서 깊이 있는 전문 지식이 필요한 것은 부정
할 수 없지만 고등학교 시절부터 대학 과정을 마칠 때까지, 그리
고 기업에 들어가 일을 하기까지 한 분야에 대한 이해만 존재한
다면 오직 그 분야밖에 모르는 좁은 시각을 가지게 되는 부작용
또한 일어날 수 있다고 생각한다.
정말 바쁘게 보냈지만 제품 디자인과 공간 디자인 그리고 자동차
디자인을 동시에 배웠던 대학 시절은 나에게 정말 감사하고 행복
했던 시기였다.

## STEP 5   CAR DESIGN

자동차 디자인.
내가 선택했고 전공한, 그리고 지금 내가 일하고 있는 분야.

자동차 디자인을 한다고 하면 내가 자동차광이라고 생각하는 사람들이 많이 있다. 사실 나는 자동차에 대해서 빠삭하게 알고 있고 엔진 소리만 들어도 그것이 무슨 차인지 알아맞히며, 레이싱 카들을 볼 때마다 심장이 뛰는, 그런 자동차광은 못 된다. 내가 정말로 매료된, 내가 진심으로 사랑하는 것은 자동차 '디자인'이다. 이것이 패션 세계와의 차이일 수도 있겠다. 자동차를 소비자의 시각으로 바라보는 것과 디자이너의 시각으로 바라보는 것은 전혀 다른 경험이다. 세계에서 자동차에 대해 가장 잘 아는 사람이 디자인은 전혀 못 할 수도 있는 것이고, 자동차에 대해 전혀 모르는 사람이 디자인을 굉장히 잘할 수도 있다.
그렇게 따지면 나는 후자에 가까운 것 같다. 공부를 하는 과정에서 자동차 디자인에 내가 좋아하는 모든 분야가 들어 있다는 것을 깨달았다. 콘셉트와 리서치, 이니셜 2D 스케치, 3D 디지털 모델링, 클레이 모델링, 공학적인 요소와 심미적인 요소까지, 자동차 디자인의 각 단계는 조금씩 다른 능력을 요구한다.

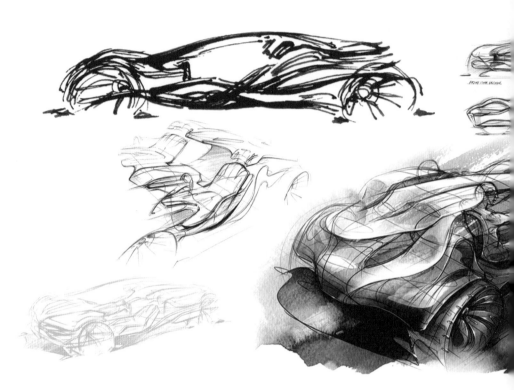

이니셜 스케치 단계에는 다른 어떤 디자인 분야보다도 회화적인 요소가 많이 깃들어 있다. 상상하는 삼차원 물체를 이차원의 그림으로 표현하는데, 어떤 방식과 기법으로 표현하는가에 대한 정답은 없다. 자유로이 스케치만 할 수도 있고, 디지털 툴을 사용해 유화 작품처럼 그릴 수도 있다. 디자이너는 수많은 가능성 중에서 자신의 생각을 가장 잘 표현할 수 있는 수단을 선택하는데, 이러한 자유로움이 정말 좋다. 어떤 이들은 자동차 디자인이라고 하면 공학적인 부분부터 떠올리지만 디자이너들의 이니셜 스케치들을 보면 순수 회화 작품을 보는 듯하다. 스케치를 걸어놓고 프레젠테이션을 할 때면 마치 갤러리에 온 것 같은 착각마저 든다. 순수 회화에 대한 열망이 아직까지 남아 있는 나에겐 참 행복한 일이다.

스케치 작업뿐만 아니라 디지털이나 클레이로 모델링을 할 때도 내 예술적 욕망을 충족시킬 수 있다. 쉽게 굳고, 또 열을 주면 쉽게 변형이 가능해 순수 조각품을 만들듯 자동차의 디테일한 면들을 잡을 수 있다. 클레이 모델러들을 순수 조각가들이라 생각하는 것도 잠시, 그 생각의 끄트머리에는 피할 수 없는 질문이 따라붙는다. '사람이 탈 수 있는가?' 이때부터는 다시 공학적이고 실직적인 요소로 넘어가야 한다. 앞서 발전시킨 심미적인 요소를 어떤 식으로 적용해나갈지 고민해야 한다. 공학적인 요소에만 치우치면 심미성이 떨어지고 아름다움만 생각하면 사람이 탈 수 없다. 한쪽으로 치우칠 때마다 다른 한쪽의 균형을 맞춰나가야 하는 자동차. 때론 그것이 나 자신처럼 느껴진다.

사실 나는 자동차에 대해서 빠삭하게 알고 있고
엔진 소리만 들어도 그것이 무슨 차인지 알아맞히며,
레이싱카들을 볼 때마다 심장이 뛰는,
그런 자동차광은 못 된다.
내가 정말로 매료된, 내가 진심으로 사랑하는 것은
자동차 '디자인'이다.

/
자동차가 런웨이를
걷는다면

## CHANEL FIOLE.

내 작업 중에 가장 어설펐지만 가장 애착이 많이 가는 작품이다. 자동차를 잘 알고 디자인도 잘하는 남학생들이 돋보이고, 실제 업무에서도 뛰어난 남성 디자이너들이 주가 되는 자동차 디자인 세계. 이 세계에 발을 들였을 때부터 한동안 남학생들처럼 잘하려고 노력했다. 재능 있는 남자 선배들에게 지지 않으려고 기술 위주의 공부에 중점을 두었다. 그런데 졸업 전시를 준비하면서 조금 다른 생각이 들었다. 이번만큼은 나만이 할 수 있는 것을 찾고 싶었다. 오랜 고민 끝에 내린 결론은 단순했다. 내가 좋아하는 것을 내 마음대로 해보자.

그렇게 탄생한 나의 학부 시절 졸업 작품 'CHANEL FIOLE'. 콘셉트는 아주 간단했다. '패션 브랜드 샤넬의 런웨이에서 모델이 아닌 자동차가 등장한다.'

# CHANEL FIOLE

2008 GRADUATION EXHIBITION
HONGIK UNIVERSITY INDUSTRIAL DESIGN DEPARTMENT

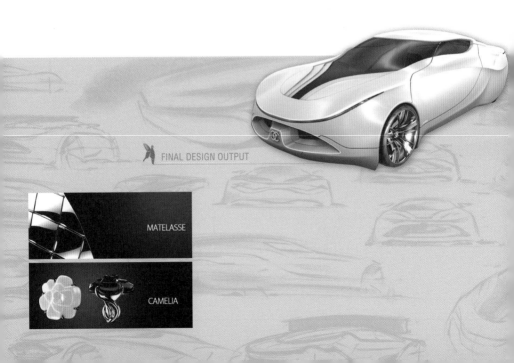

FINAL DESIGN OUTPUT

MATELASSE

CAMELIA

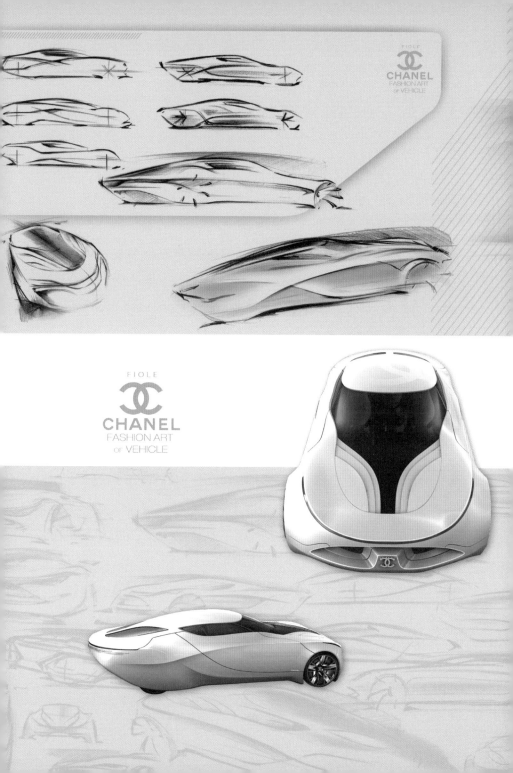

쉽게 말해 샤넬의 패션 아이덴티티를 자동차로 보여주자는 생각
이었다. 기존의 리서치 방식을 떠나 샤넬의 런웨이 영상들을 찾
아보며 그들만이 가진 전략을 분석했다. 직접 오프라인 매장에
가서 연구하고 샤넬 디자이너들의 인터뷰 영상을 찾아보기도 했
다. 샤넬의 강력한 아이덴티티인 카멜리아, 교차된 패턴과 선들
을 반영하고 싶어 클레이 작업 당시 기본적으로 고려해야 하는
휠이나 여러 디테일들을 배제하고 큰 덩어리 위주로 자유롭게 조
형 작업을 해나갔다.

물론 지금 보면 어설프고 비례도 맞지 않고…… 마음에 안 드는
점들이 한두 가지가 아니다. 하지만 이 작업을 볼 때마다 내가 당
시에 어떤 마음으로 작업에 임했는지, 그때의 생생한 느낌이 되
살아난다. 마음 가는 대로 자유롭게 해본 작업이 많은 사람들의
관심을 받을 때, 그때의 기쁨과 자신감은 오랫동안 기억에 남아
힘들고 지칠 때 큰 위로가 된다.

/
RCA가
내게 가르쳐준 것

**유학을 준비할 때 가장 중요한 것이 무엇인지** 디자인 유학을 꿈
꾸는 후배들이 내게 물어올 때가 있다. 나는 그럴 때마다 되도록
빨리 준비하라고, 미루지 말라고 대답한다. 학교마다 지원 시기
가 다르기 때문에 지원 시기, 자격 등 학교별 정보를 반드시 숙지
해야 한다. 그리고 마음먹었을 때 바로 실행해야 한다. 그러지 못
하고 다른 일을 하거나 다른 학교를 알아보겠다며 지원할 시기를
놓쳐버리고, 어영부영 유학 기회까지 놓치는 경우를 주변에서 많
이 보아왔다.

유학을 결심하고 준비하기까지 생각해야 할 것이 정말 많다. 나
도 똑같은 고민의 과정을 밟았다. 학부까지는 한국에서 정규 과
정을 밟고 싶었지만, 대학원 이후부터는 외국에서 공부하고 싶
었다. 자동차 디자인으로 손꼽히는 학교들부터 살펴봤다. 먼저

독일의 포르츠하임. 일단 그곳은 학비가 없다는 게 장점이었다. 문제는 학교가 너무 외곽 지대에 있다는 것. 만약 포르츠하임으로 진학을 결정한다면 대학에서 공부하던 방식에서 크게 벗어나지 못할 것 같았다. 다른 명문 학교 학생들의 작품을 인터넷으로 보면서 쉴 틈 없이 쫓아가는. 그런 공부는 더 이상 하고 싶지 않았다.

살인적인 물가로 부모님께 큰 부담이 된다는 건 알고 있었지만, 솔직히 나는 생활의 모든 영역에서 영감을 얻을 수 있는 런던에서 공부해보고 싶었다. 런던은 디자인의 메카이고, 가구 디자인, 패션 디자인 할 것 없이 모두 훌륭해서 그곳에 사는 것만으로도 공부가 될 것 같았다. 영국에는 왕립예술학교(RCA)가 있었다. 포르츠하임은 자동차 학과만 특화되어 있지만 RCA는 자동차 학과에만 국한되어 있지 않았다. 건축, 패션, 순수 회화, 애니메이션 할 것 없이 각 과마다 자기 분야가 최고라는 자부심을 가지고 있는 것이 특징이었다. 또 석사, 박사 과정만 개설되어 있어 지원하는 학생들도 실력이 뛰어났다. 여러모로 디자이너로서의 역량을 키우기에 좋은 환경이었다.

다양한 분야에 관심이 많은 나는 자동차 디자인을 하면서도 건축이나, 텍스타일 등과 같은 다른 분야를 많이 보고 경험하고 싶었다. 그러다 보면 시야가 넓어지고 디자인다운 디자인을 할 수 있는 감각도 쌓을 수 있을 것 같았다. 여러 분야의 디자인에 대한 넓은 시각을 가진 사람이 좋은 디자인을 할 수 있다는 생각은 지금도 변함이 없다. 자동차 하나만 바라보면 좋은 자동차를 디자인할 수 없다. 자동차는 사람들이 실생활에서 사용하는 제품이고, 그렇기 때문에 소비자들의 라이프 스타일을 충분히 이해해야 한다. 대학에서는 개인 생활이라고는 없이 그저 따라가기에만 급급했다. "이번 디자인 타깃은 이러이러한 사람이다"라고 콘셉트를 정하긴 하지만, 정작 디자인을 하는 사람들이 그들처럼 살고 있지 않은데 어떻게 그들을 위한 디자인을 하나, 하는 아쉬움이 늘 한편에 있었다. 그런 고민 속에서 RCA를 선택했고, 바로 준비를 시작했다. 그리고 내 선택은 옳았다. 런던에서 공부하는 동안 다양한 사람들을 만났고, 그들의 생각을 들었고, 그러면서 나만의 디자인 철학을 다져나갔다.

그 과정이 그리 쉽지는 않았다. 한국의 대학에서는 기본기를 탄탄히 닦는 것이 가장 큰 목표였고, 그래서 학문을 하듯이 디자인을 공부했는데, 런던에서는 그러고 싶어도 그럴 수가 없었다. 과제라는 것 자체가 없었다. 처음에는 무척이나 당황했다. 뭘 그려 오라거나, 무슨 콘셉트로 디자인하라는 말이 전혀 없었다. 다만 전자 달력에서 언제 프레젠테이션이 있고, 누가 참석하는지, 스

**FLUIDIC SCULPTURE TRIP 2011**

INSIDEOUT TEAM RESEARCH

케줄만 확인하게 되어 있었다. 무엇을, 어디까지, 얼마나 준비해야 하는지, 내게는 중요했던 내용을 알 수 없어서 처음에는 스트레스를 많이 받았다. 주어진 과제를 하는 데 익숙해져 있어서 모든 것을 스스로 결정해야 하는 상황이 너무나도 낯설었다. 학교에서는 작품을 보여줄 수 있는 자리를 계속 마련해주고, 만나기 힘든 사람들을 만날 수 있도록 기회를 제공해주었지만 디자인에 대해서 직접적으로 가르쳐주는 것은 아무것도 없었다. 어떤 때는 두세 개의 프로젝트가 동시에 진행되기도 했다. 하지만 돌아보니 아무것도 가르쳐주지 않는 것, 그것이 RCA의 가장 큰 가르침이었다.

덕분에 나는 내 시간을 내게 맞게 사용하는 법을 배웠다. 학교는 취직이 목표라고 말하지 않았다. 대신에 어떻게 프로페셔널한 디자이너가 되고, 상대방에게 나를 어떻게 어필할지 스스로 터득할 수 있도록 해주었다. 처음엔 내가 제대로 하고 있는지 의심이 들었다. 그러나 내가 생각하는 대로 작업을 계속해나가면서 내 생각을 설득력 있게 전달하는 능력을 키우게 되었고, 혼자 할 수 있는 일이 많아져서 두려움도 사라졌다. 그리고 아무리 유명한 사람이 온다 해도 내가 생각하는 대로 나의 철학을 설득할 수 있다는 자신감을 얻었다.

**처음에는 한국인이 나밖에 없으니 잘하는 모습을** 보여줘야겠다고 생각했다. 여자인 데다 다른 자동차 디자이너들과 다르게 외모를 많이 꾸미는 스타일로 비쳐졌는지 많은 사람들이 '솔직히 디자인을 못할 것 같다'는 선입관을 가졌다고 한다. 디자인을 한다 하더라도 공주 스타일에다, 일러스트 정도만 소화할 수 있을 거라고 생각했단다. 자동차 디자인은 외국에서도 여성이 많지 않은 분야라 처음엔 경쟁심에 불타서 '본때를 보여주겠다'고 생각했다. 실제로 경쟁은 갈수록 치열해졌지만 처음에 가졌던 '무조건 이겨야 한다'는 마음과는 다른, 솔직한 경쟁을 하게 되었다.

서로 인정할 건 인정하고 잘하고 싶다고 표현도 하고…… 그런 것들이 내게는 더 잘 맞았다. 경쟁 속에서도 다른 학생들의 결과물을 보는 것은 재미있었다. 한국에서와 달리 그곳 학생들은 학교가 아니라 주로 집에서 작업했다. 다른 사람들의 작업물에 영

향을 덜 받아서인지 독특한 결과물이 나왔다. 난 늘 친구들의 생
각이 궁금했다. 잘하고 못하고는 문제가 아니었다. 누구는 이걸
잘하고, 다른 누구는 저걸 더 잘하고…… 그렇게 좋은 점만을 비
교하면서 나만의 스타일을 만들어갔다.

본격적으로 내 작품을 보여줘야 하는 첫 프로젝트. 건축학과와
함께 150~200년 후의, 완전히 다른 도시를 설계하는 프로젝트였
다. 자동차 디자인뿐 아니라 도로, 에너지, 사람 등을 전체적으로
고려해야 했다. 일러스트식으로 그림을 그리고 내레이션도 깔아
서 그걸 애니메이션으로 만들었는데 반응이 뜨거웠다. 현실적으
로 생각해보면 말도 안되는 콘셉트인데, 그때 나는 마치 신이라
도 된 것처럼 '마음대로' 디자인을 했다. 아쉽게도 좀 더 현실적

으로 디자인을 한 친구들이 1등을 하긴 했지만, 순위에 상관없이 정말 즐거운 작업이었다. 처음에 팀워크로 진행된 프로젝트는 마지막에 개인 프로젝트로 마무리됐다. 개인 작업도 팀워크로 작업한 디자인을 바탕으로 했는데, 그때도 아쉽지만 1등은 하지 못했다. 그 프로젝트는 포드가 스폰서였고, 디자인을 좀 더 공학적으로 풀어갈 수 있는 사람을 뽑는 데 목표를 두었는데 내 작업은 그것과는 방향이 달랐다. 그래도 모두가 지켜보는 앞에서 포드의 수석 디자이너가 다가와 새로운 방식이 정말 인상적이었다고 칭찬을 해주어 내게는 큰 의미가 있었다. 자동차 디자인의 경우 파티나 모터쇼 같은 행사장에서 디자이너들끼리 서로 만날 기회가많다. 포드의 수석 디자이너와는 지금도 친하게 지내고 있다.

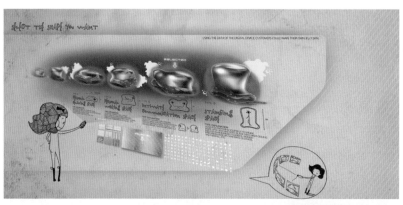

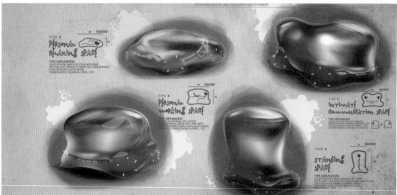

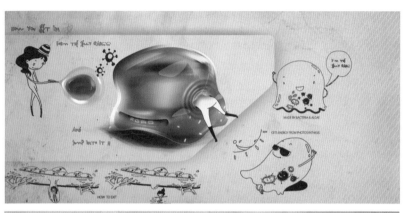

두 번째 프로젝트는 현대 유럽에서 스폰하는 소형차를 디자인하는 것으로, 2015년의 젊은층이 타깃이었다. 작업을 하며 좀 놀랐던 건 회사의 작업이라고 아부하고 잘 보이려는 게 아니라 오히려 강력하게 이야기하고 비판하는 친구들의 모습이었다. 대학에서는 상상도 못 했던 당찬 친구들의 모습을 보면서 많은 것을 느끼고 배웠다.

한국의 브랜드인 만큼 한국의 정체성과 전통적인 미를 작업에 반영해보고 싶었다. 일본, 프랑스, 미국, 독일, 모두 그 나라만의 고유한 스타일이나 선이 있다. 말로 표현하기는 어렵지만 선을 쓰는 방법만 보아도 그 나라 차구나 싶을 정도로 각각의 아이덴티티가 디자인에 묻어난다. 독일은 굉장히 완벽하고, 영국은 엉성하지만 감성적이며, 미국은 길고 각진 남성적인 선이 특징이다. 프랑스는 펑키하고 강한 컬러에 새로운 시도를 많이 한다. 그런데 한국의 경우 자동차 디자인의 역사가 짧아서인지 디자인적으로 뚜렷한 특징이 없다. 이것저것 요소가 많고 조잡한 느낌이 강하다. 한국의 미를 찾기 어렵다는 게 무엇보다 안타까웠다.

단순하고 소박한 한국의 미를 살리고 싶었다. 최대한 깨끗하고 절제된 느낌으로. 그 느낌을 잡고 가면서 우리에게도 깊은 뿌리가 있다는 걸 이야기하고 싶었다. 회사를 상대로 내 의견을 이야기하고, 내 이야기가 신중하게 검토되는 의미 있는 자리. 프레젠테이션을 하면서 우선 나는 중국, 한국, 일본은 엄연하게 다른 미를 가지고 있음을 강조했다. 한국의 미는 자연스러운 선이 가장 중요하다, 각각의 선들을 똑같은 눈으로 바라보아선 안 된다, 나는 그렇게 이야기를 시작했다. 그리고 기왓장과 전통 의상의 이미지로 보여주면서 공간과 자연과 사람이 소통할 수 있는 디자인을 추구했다는 걸 강조했다. 그렇게 한국의 미를 인식시키고 자동차 디자인으로 이야기를 이어나갔다. 우리나라를 대표하는 색을 흰색으로 보고 조선의 백자를 보여주면서, 비어 있는 듯하지만 굉장히 심플하고, 절제하면서도 우아한 것이 한국적인 미라고 강조했다. 한복 치마에 주름이 잡히듯 흰 덩어리에 자연스럽게 주름을 잡아 내가 생각하는 자동차의 이미지로 제시했다. "난 아무것도 디자인하지 않았다. 현대의 디자인은 처음부터 덩어리에 중심을 두어야 한다."

이것이 첫 프레젠테이션의 마지막 대사였다. 파이널 프레젠테이션에는 한국에서 오신 여러 분들이 참석하셨다. 심사 위원이 한국인이니 한국 학생에게 1등을 주지는 않을 거라는 걱정은 기우였다. 내가 1등을 하게 된 것이다! 상금을 받자마자 뉴욕에 가서 친구를 만나고 왔다. 그것도 학기 중에.

/

드레스와 턱시도를 입은 그들도
러시아워에는 버스를 탄다

**브리티시 센터너리 어워드**The British Motor Centernary Bursary Award.

'코치 메이커Coach Makers'라는 영국의 유서 깊은 길드에서 1년에
한 번씩 차세대 자동차 디자이너에게 수여하는 상이다. 코치 메
이커는 굉장히 전통적이고 보수적인 귀족들만 속한 길드로, 마
스터는 앤 공주의 남편 팀 로렌스 경이고, 앤 공주가 길드의 창립
멤버. 앤 공주는 유럽의 자동차 디자이너들 사이에서 굉장히
유명한 분이다. 스포츠카와 레이싱에 관심이 많고, 공학적인 면
이나 엔지니어링 부분까지 자동차에 대해 놀라울 정도의 지식을
가지고 계신 분이다. 비싸지 않지만 클래식한 차에 조예가 깊고,
자동차광들이 즐겨 타는 차를 많이 모는 것으로 무척 유명하다.
그러다 보니 자동차 디자이너들 중엔 앤 공주의 팬이 굉장히 많
다. 브리티시 센터너리 어워드는 외부에 많이 알려져 있는 상은
아니지만 오랜 전통을 지니고 있고, 상금도 가장 많아 모든 학생

들이 욕심을 낸다. 나도 이 상에 도전했다. 동양인은 한 번도 받은 적이 없고 영국인이 독점하다시피 해서 지원을 하면서도 수상에 대한 기대는 전혀 하지 않았다. 3등 안에 들면 좋겠다는 생각은 했다. 3등까지 디너파티에 초대를 받게 되는데, 세계적인 자동차 디자이너들이 한자리에 모인다고 했다.

일단 스케치를 보내면 거기서 6명을 뽑고, 한 학생당 한 시간의 프레젠테이션이 주어진다. 그 기회를 얻었다. 클럽 마스터인 로렌스 경과 마스터 계열의 다른 멤버들이 인터뷰에 참여하는데, 영국 특유의 억양에 어려운 문체를 써서 질문을 해서 영어로 소통하는 데 문제가 없는 나도 고도의 집중을 해야 겨우 알아들을 수 있었다. 그리고 포트폴리오. 나의 잠재력을 그 안에 최대한 담아내야 했다. 동양인, 그리고 여자. 나뿐만 아니라 다른 친구들도 내가 수상하기는 어려울 거라고 생각했다. 그런데, 내가 브리티시 센터너리 어워드의 수상자가 되었다.

시상식과 디너파티는 내게 잊지 못할 소중한 추억으로 남아 있다. 이력에 엄청난 도움이 되는 현실적인 이유 그 이상이었다. 전통과 격식을 갖춘 자리에서 사람들에게 인정받는다는 것. 롤스로이스, 재규어의 수석 디자이너를 비롯해 자동차 디자인 분야에서 최고라고 하는 분들이 길드의 회원으로 참여했는데 그런 분들을 한쪽 구석에 두고 내가 정중앙 자리를 차지했다. 식사를 마치고 나니 시상식이 이어졌다. 내 이름이 호명되던 그 순간을 아직도 잊을 수가 없다. 컵과 함께 상금이 주어졌다. 컵은 나중에 반납해야 했지만.

그리고 앤 공주님과 대화를 나눴다. 어떤 식으로 자동차를 디자인하는지 물으셔서 콘셉트부터 시작해서 두루두루 생각하여 디자인을 해나간다고 말씀드렸다. 친구 중 하나는 흥분된 목소리로 파워트레인(동력을 전달하는 일련의 기구)에 대해 설명했는데, 공주님은 의미심장하게 미소를 지으시더니, 전기차에 대해 엔지니어의 관점에서 매우 구체적으로 이야기를 하셨다. 굉장히 전문적인 수준이어서 우리는 순간 당황해 아무런 대답도 하지 못했다. 공주님은 왜 수소차는 디자인하지 않는지, 오히려 우리에게 질문을 던지셨다. "자동차 디자인과 패션 디자인은 엄연히 달라요. 여러분 같은 젊은 디자이너들이 공학적인 면을 생각해주어야 해요. 기대합니다." 공주님과 대화를 하는 그 시간은 수많은 수석 디자이너들 앞에서 발표할 때보다 훨씬 더 뿌듯한 시간이었다. 힘들었던 기억들이 눈 녹듯이 사라지고 다시 힘이 생겼다.

로렌스 경이 연설대에서 수상자인 나에 대해서 오랫동안 설명하셨다. 한국의 홍익대학교를 졸업하고 혼다와 GM대우에서 인턴십을 거친, 앞으로 눈여겨봐야 할 훌륭한 디자이너. 코치 메이커

는 자동차 CEO나 수석 디자이너, 상당한 금액을 기부하는 재력가 등 사회 지도층 인사들이 멤버로 가입되어 있는데 나에게도 가입 자격이 주어졌다.

파티가 끝나고 밖으로 나가니 드레스와 턱시도를 갖춰 입은 귀족들이 버스 정류장에서 버스를 기다리고 있었다. 런던의 밤은 차가 너무 막혀서 버스가 최고라며 아무렇지도 않게 버스에 오르는 그들. 그날 밤을 내가 어떻게 잊을 수 있을까?

/
포르쉐,
나의 샤넬 No.5


**내 인생을 그래프로 그려본다면 그 첫 번째 하이라이트는** 단연,

포르쉐 인턴십이다.

포르쉐에서는 RCA에서와 마찬가지로 내게 아무것도 가르쳐주

지 않았다. 첫 번째 과제는 내가 생각하는 포르쉐는 어떤지 스스

로 정의하기. 막막했다. 대부분의 회사에서는 그 회사의 아이덴

티티에 맞춰서 디자인을 하는데, 포르쉐는 나만의 것을 제시하고

그것을 포르쉐에 접목시키라고 요구했다. 포르쉐의 내부 사정을

모르는 사람들이 보기엔 이미 완벽한데 디자이너가 할 일이 뭐

냐고 묻기도 한다. 하지만 전혀 그렇지 않다. 할 일은 무궁무진했

다. 내가 할 수 있는 일을 해나가면서

내가 가진 재능과 나의 부족한 점을

객관적으로 바라볼 수 있었다.

수석 디자이너는 말했다. "포르쉐는 아

르마니 정장이다. 미세한 차이 하나하나가 돋보이는 것처럼 자동차 디자인도 느낌이 가장 중요하다. 정해진 회사 스타일이 있는 게 아니라 포르쉐다운 느낌을 보여주어야 한다." 포르쉐의 이러한 생각은 디자이너들이 회사에 대한 자부심과 애착을 가지고 더 연구하게 만든다.

포르쉐 디자이너들은 포르쉐에 대한 자부심이 굉장히 강하다. 자신이 몸담고 있는 회사를 그토록 사랑하는 사람들은 거기서 처음 봤다. 나이에 상관없이 자동차에 대한 열정이 정말 대단했다. 회사 일에 찌든 월급쟁이의 모습이 아니라 정말로 내 일이 좋아서 하는 사람들. 그들을 보면서 자동차 디자이너라는 건 정말 멋있고 명예스러운 직업이구나, 생각하게 되었다. 디자이너다운 디자이너들을 만난 것이다. 대개 많은 사람들이 스스로를 기업의 부품 정도로 생각하는데 포르쉐 사람들은 자신들의 힘으로 회사를 키울 수 있다는 마인드를 가지고 있었다. 그런 사람들과 함께 있다 보니 무엇 하나라도 제대로 배우게 되고, 아무리 어렵더라도 방법을 찾아나가려고 애쓰는 나를 발견하게 되었다. 나도 그들처럼 일하고 싶었다. 심플한 선 하나를 그리더라도 논리적으로, 다른 사람들을 설득할 수 있는 합리적인 선인 동시에 미적 요소를 포기하지 않는 선으로 그리기로 했다.

—— 포르쉐는 전통을 매우 중요하게 여긴다. 유럽 회사들 중에서도 무척 보수적인 회사로, 독일의 프라이드를 계승하고자 한다. 나는 포르쉐에서 뽑은 첫 동양인 여성이었다. 인턴인 점을 감안해도 그때까지 전 세계 모든 국적을 통틀어 여성 익스테리어 디자이너는 한 번도 들어온 적이 없었기에 관심을 정말 많이 받았다. 포르쉐에 들어오기 전에 나는 토요타 인턴십의 최종 발표를 앞두고 있었다. 유럽 친구들은 일본을 동경하고 그들의 마인드를 정말 좋아한다. 그런데 난 이미 아시아 문화를 경험했기 때문에 다른 문화권에서 일해보고 싶었다. 정말 가고 싶은 회사 한 군데에만 지원을 해야겠다 싶어 포르쉐에 지원했다. 원래는 몇 달 뒤에 피드백이 오기도 하는데, 최종 발표 바로 전날 포르쉐에 합격했다는 연락을 받아서 토요타에 정중하게 거절 메시지를 드릴 수 있었다. 대신에 토요타에 정말 가고 싶어 하던 친구를 추천했고, 결국 그 친구가 인턴십을 하게 됐다.

동양인이나 여성은 안 뽑을 것 같던 회사에서 내 포트폴리오를 보자마자 연락을 해오다니! 지원을 하긴 했지만 포트폴리오는 마음에 들지 않았고, 실제로 가보니 뛰어난 포트폴리오가 정말 많았다. 나를 왜 뽑았을까. 얼마 지나지 않아 그 궁금증이 풀렸다.

인턴십 첫 주에 클래식카 쇼가 있었다. 디자이너들이 자신이 가지고 있는 컬렉션카들을 가지고 모이는 자리인데, 그 행사에 수석 디자이너가 나를 데리고 가셨다. 때마침 나와 친한 보람 언니가 와 있어서 동행하게 되었다. 수석 디자이너는 우리를 친구 대하듯 편하게 대해주셨다. 어떻게 하다 보니 보람 언니가 수석 디자이너 옆자리에 앉게 되었고, 그때 언니는 왜 진영이를 뽑았느냐고 물어봤단다. 수석 디자이너는 나에 대해 정말 기대하고 있다면서, 여성스러운 디자인이 신선하고 아름다웠다고 이야기했다고 한다. 스킬 좋은 남학생들에게는 없는 게 보였고, 세련되고 아름다운 디자인이 좋았다고. 이 여성 디자이너가 포르쉐를 디자인하면 어떨지 궁금해서 보자마자 바로 연락을 했다는 것이다. 보람 언니는 정말 탁월한 선택이었다고 쿨하게 대답해주었단다.

포르쉐에는 포트폴리오가 쏟아질 테니 제대로 보지 않을 거라고 생각했는데, 전혀 그렇지 않았다. 아무리 바빠도 모든 디자이너들이 모여서 하나하나 모두 들여다보고 다 같이 이야기한다. 포트폴리오를 보내는 사람에 대한 용기와 정성에 대한 존중이고 예의라 생각하면서. 포트폴리오는 디자이너의 모든 것이 들어 있다고 해도 과언이 아니다. 그걸 존중해주고 정성껏 봐준다는 건 정말 감사한 일이다.

열심히만 하는 게 아니라 정말 잘하는 디자이너. 게다가 사고방
식도 성숙하고 모든 게 완벽하고 존경할 만한, 어느 한 군데 나무
랄 데 없는 친구. 포르쉐에서 만난 나보다 두 살 많은 동료 디자
이너를 통해 젊은 디자이너의 가능성을, 포르쉐라는 회사의 힘을
느꼈다. 다른 회사에선 어린 디자이너라면 늘 무시당하고 시키는
일만 해야 하는 것이 보통인데, 그 친구는 오히려 모두를 리드하
고 있었다. 유럽이나 미국도 사실 한국만큼이나 상하 관계가 강
한데, 포르쉐는 매우 자유로운 분위기다. 그 친구는 나이나 경력
으로 디자인을 평가하지 않는 분위기에서 자신의 능력을 펼치고
있었다. 50대 이상의 선배 디자이너들을 매니지먼트할 정도가 되
어서 맡는 일도 갈수록 더 많아졌고, 무엇보다 회사에서 그를 절
대적으로 신뢰하고 지원해주었다. 그는 단순히 그림만 그리는 디
자이너로 머물지 않고 아닌 건 아니라고 설득하고, 재정적인 부
분까지 관여했다. 자기 의견만 고집하지 않고, 다른 사람들의 이
야기를 듣고, 그 이야기들 사이에서 최선이 무엇인지 끄집어내는
능력이 탁월했다. 그 친구 덕분에 막내니까 쉽게 용서받을 수 있
겠지, 실수해도 괜찮겠지, 신입이니까 이해해주겠지 하는 생각들
을 버릴 수 있었다. 집안이나 학벌, 외모, 직업까지 어떻게 보면
모든 조건을 갖추고 있음에도 불구하고 그는 자만하지 않았다.

자부심 강한 디자이너들의 겸손한 모습을 보면서 디자인 스킬뿐
아니라 마인드 자체가 정말 많이 바뀌었다. 내가 몸담고 있는 회
사의 브랜드 이미지가 고급이라고 해서 내가 고급인 것은 결코
아니라는 걸 포르쉐에서 배웠다.

"너에게 포르쉐란 뭐지?" 수석 디자이너가 내게 물었을 때 나는
혼란스러웠다. 포르쉐의 역사를 들여다보면 답이 나온다는 동료
들의 말에 도서관으로 향했다. 처음엔 막막하기만 했다. 항상 뭘
이뤄내야겠다고 생각할 뿐 거기서 더 나아갈 생각을 못 하는 나.
뭐가 좋을지 제안을 해보라는 말에 내가 쉽게 생각을 꺼내놓지
못하자 동료들이 조언을 많이 해줬다. 포르쉐에는 이러이러한 라
인의 자동차들이 있다. 그 중간을 채울 수 있는 자동차를 디자인
할 것인지, 아니면 그것들과 완전히 다른 개념의 자동차를 디자
인할 것인지, 그것부터 생각해보라고. 그래서 포르쉐 도서관에서
2주 동안 포르쉐의 역사에 대한 책만 찾아 읽었다. 그러면서 최
초의 전기 마차를 1900년에 포르쉐가 만들었다는 사실을 알게
됐다(일반적으로는 토요타라고 알고 있다).
도서관에 틀어박혀 공부하다 보니 비슷해 보여도 저마다 독특한
포르쉐의 라인들이 눈에 들어왔다. 연구 끝에 가장 작고 저렴한
스포츠카, 친환경 개념의 셰어링카, 작은 형태의 SUV, 일반인이

즐길 수 있는 레이싱카까지 네 종류의 차를 제안했다.

이니셜 스케치를 내고 프레젠테이션을 했다. 그다음에도 회사에선 "이거 해"라고 하는 게 아니라 "이건 이러저러한 게 좋고 나쁘다. 하지만 네가 하고 싶은 게 있으면 네 뜻대로 해라"라고 했다. 그래서 다시 작은 사이즈의 SUV를 선택했다.

보통 자동차는 납작하고 길면 어떻게 해도 멋있어 보인다. 이제까지 그런 차만 디자인해봤으니 SUV 자체가 너무 어려웠다. 게다가 포르쉐라니……. 그동안 2D적인 작업만 많이 해왔구나 싶었다. 포르쉐라는 차의 특징은 일단 라인이 많으면 안 되고 덩어리가 중요하다. 포르쉐의 디자이너가 되어 디자인을 하다 보니 내가 삼차원화시켜 마지막까지 완성하는 데 많이 약하다는 것을 알게 되었다. 나는 여전히 스케치만 잘하는 디자이너였던 거다.

"너에게는 특별한 무언가가 있다.
우리처럼 자동차에 미쳐 있지 않기 때문에
소비자의 입장을 가장 잘 이해할 수 있다."

PORSCHE 91CX

포르쉐의 조언을 바탕으로 과장되지 않은 심플한 디자인을 해보기로 했다. 자동차가 멋있어 보이도록 하려면 납작하고 길게, 창문은 작고 휠은 크게 그리면 된다는 트릭이 있다. 학부 시절에는 얼마든지 과장되게 그려도 되다 보니, 그때까지는 나도 그렇게만 해왔던 것이 사실이다. 포르쉐에서는, 그런 스케치가 나쁜 건 아니지만 좀 더 현실적으로 그려보라면서 기본적으로 필요한 사이즈를 주었다. 정해진 사이즈 안에서 디자인을 하는 것은 생각보다 까다로운 일이었다. 내가 생각하는 포르쉐는 패션으로 비교하자면 샤넬 No.5. 영원한 디자인이면서 뿌리는 사람에 따라 다른 느낌으로 다가오는 향수. 언젠가 코코 샤넬이 한 말이 떠올랐다. 시공간을 초월한 디자인의 비밀은 단순한 것, 불필요한 요소를 모두 제거하고 가장 필요한 것만 지키는 것이라는 말. 그 말에서 영감을 얻어 불필요한 요소들을 제거하고 심플하게 만들려 했던 의도는 잘 맞아떨어졌다. PORSCHE 91CX. 이 작업을 기준으로 이전과 이후의 디자인이 확연히 달라졌다. 나만 느끼는 게 아니라 다른 사람들도 모두 느껴주었다.

"가냘프게 생긴 외모에서 어떤 디자인이 나올까 궁금했는데 정말 잘했다. 확실히 재능이 있다." 작업을 내놓고 진심 어린 칭찬을 많이 들었다. 어떻게 보일지에 대한 걱정을 버리고 본질을 파고들어본 경험. 그 성과는 내 상상을 완벽하게 뛰어넘었다.

/
## PORSCHE 929로
## 나를 알리다

**누구나 그렇겠지만 졸업 작품을 준비할 때** 고민이 정말 많았다. 내 마음대로 할 수 있는 프로젝트라면 오히려 쉬웠을 텐데 인턴으로 일하고 있던 포르쉐에서 스폰서가 되어주었기 때문에 포르쉐가 원하는 방향과도 맞아야 했다. 굉장히 작은 샘플이지만 제작 비용은 포르쉐 박스터 모델 가격과 맞먹을 정도였다. 상황이 그러하니 스폰서의 요구를 반영해야 하는 것은 당연하다.

앞서 소개했듯이 포르쉐는 전통과 유산을 굉장히 중요하게 여긴다. 포르쉐만의 아이덴티티를 보여주고 당장이라도 출시가 가능할 정도의 디자인을 해주기를 원했다. 그러나 학교에서는 특정한 콘셉트를 가진 일반 자동차와는 다른 개념의 자동차를 디자인하기를 바랐다. BMW나 아우디 같은 경우는 학생에게 자율권을 많이 주는데 포르쉐는 그렇지 않았다. 학교와 포르쉐 중간에 끼어있는 상황에서 내가 진짜 원하는 게 뭔지 혼란스러웠다. 포르쉐의 지원을 받지 않았다면 무척이나 전위적인, 예술적인 차를 디자인했을 텐데……. 잠시 그런 생각도 떠올랐지만 곰곰 생각해보니 그런 차는 너무 많아 오히려 식상할 것 같았다. 다들 순수 회화하듯 멋있는 조형만 만들고 말도 안 되는 마법 같은 차를 만들고 있었으니까. 그래서 나는 당장 사람 4명이 탈 수 있는 차를 만들기로 했다.

현실적이면서도 아름답고 의미 있는 차를 만들고 싶었다. 일반적으로 생각하기에 포르쉐는 굉장히 비싸고 특별한 차인데 나는 그걸 대중화시켜보고 싶었다. 클래식하지만 열려 있는 느낌. 그래서 콘셉트를 셰어링카(나눠 쓰는 자동차)로 잡았다. 셰어링카라고 하면 대중을 겨냥하여 굉장히 저렴한 제조 과정을 거치는, 값싸고 촌스러운 자동차로 단거리밖에 이용하지 못한다는 게 일반적인 개념이었다. 나는 그게 마음에 들지 않았다.

아무리 '빌려 쓰는 자동차지만 왜 꼭 대여 자전거처럼 똑같아야 하나?'

서로 나눠 쓸 수 있는 친환경 개념의 자동차지만 싸구려 이미지가 아닌 고급스럽고 사람들의 인식을 바꿀 수 있는 포르쉐 구매자들을 겨냥한 차를 만들고 싶었다.

포르쉐라는 특별한 멤버십을 강조하면서도 누구나 자기 차라고 느끼는 친환경 셰어링카. 그것이 가능할까?

# 9 2 9
NINE TO NINE
## P O R S C H E
### S H A R I N G   C A R   C L U B

PORSCHE TO PORSCHE. PORSHCE CUSTOMER TO PORSCHE CUSTOMER

9는 911, 928, 904 등 포르쉐 모델을 대표하는 숫자로 고객과 고객을 이어주는 커뮤니케이션 콘셉트.
9와 9를 잇는다는 개념의 9 to 9을 숫자로 의미화해 929이라는 모델명을 만들었다.

*Don't let the design be louder than the message*

≫ 내 디자인이 오래 기억되었으면 한다. 그러려면 내 디자인과 브랜드 이미지가 잘 섞여야 한다. 과거의 모든 것을 부정하고 완전히 새로운 디자인을 하는 것도 좋지만 그것은 일종의 패셔너블한 디자인으로, 일시적인 유행만 좇는 디자인이 될 위험성이 있다. 나는 자동차 디자인뿐만이 아니라 모든 디자인을 볼 때 현대적이지만 클래식한 느낌을 잃지 않는 디자인을 가장 선호하고, 내 디자인 철학 또한 그렇다.

≫ 내가 "Shouting design"이라고 부르며 거리를 두는 것은 "나를 보세요." "나는 달라요." 하고 소리치는 과장된 디자인이다. 본래 제품이 지니고 있는 강한 메시지나 의미보다 디자인이 강하다면 분명 수명이 길지 않을 것이다. 친환경 자동차나 미래적인 자동차라고 해서 비현실적이고 과장된 디자인 요소들만을 적용한다면 오히려 사람들에게 거부반응을 일으킬 것이다. 사람들의 인식을 바꾸고 새로운 시스템이나 콘셉트에 참여하게 하는 것은 '쉬운' 디자인이라는 확신을 바탕으로 RCA 졸업 전시 작품 프로젝트를 시작했다.

# CONCEPT

≫ 1950년에는 세계 인구의 30퍼센트가 도시에 거주했다. 2000년에는 47퍼센트, 2008년에는 50퍼센트 이상, 2030년에는 60퍼센트 이상이 도시에 거주할 것이라 예측된다. 그래프 중 위는 17개국을 비교하여 가구당 자동차 수를 나타낸 것이다. 가장 높은 수치를 보인 미국은 가구당 평균 2.28대의 차량을 소유한 것으로 나타났다. 아래 그래프는 1제곱킬로미터당 자동차 수를 나타낸다. 네덜란드는 1제곱킬로미터당 자동차 수가 거의 200대에 달한다. 일러스트레이션은 미래의 이미지를 풍자하여 반어적으로 표현한 것이다. 지금은 익살스러운 일러스트레이션처럼 보이지만 현재 시스템과 소비 패턴을 그대로 가지고 간다면 이는 몇십년 후, 혹은 몇백 년 후의 우리 모습일지도 모른다.

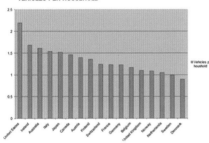

Americans Own 2.28 Vehicles Per Household

*"Oh wow, it's all so beautiful."*

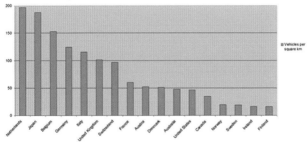

196 vehicles per square km in Netherlands

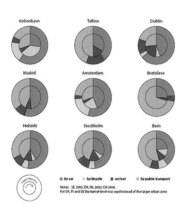

## USE OF THE CAR IN MAJOR CITIES

Kobenhavn  Tallinn  Dublin

Madrid  Amsterdam  Bratislava

Helsinki  Stockholm  Bern

■ by car  ■ by bicycle  ■ en foot  ■ by public transport

Notes: SE 2005; DK, NL 2003; CH 2000.
For DK, FI and SE the kernel level was used instead of the larger urban zone.

Thanks to better public transport systems in cities,
privately own cars are becoming obsolete.

≫ 현재 유럽 주요 도시들을 바탕으로 조사한 교통수단 이용 현황이다. 연보라색은 개인 자동차, 초록색은 대중교통, 파란색은 걷기, 연두색은 자전거를 이용한 수치를 나타낸다. 보이는 것과 같이 현재 유럽의 주요 도시들에서는 개인 차량을 이용하는 만큼 대중교통 또한 많이 이용하고 있다는 것을 알 수 있다. 아래의 그래프는 도로와 자동차 수를 비교한 수치이다. 도로의 수는 1990년대 초반에 한 번 개선된 이후로 크게 발전된 양상을 띠지 않지만, 그에 반해 자동차 수와 킬로미터당 자동차 수는 계속해서 증가했음을 확인할 수 있다.

## ROADS VS VEHICLES

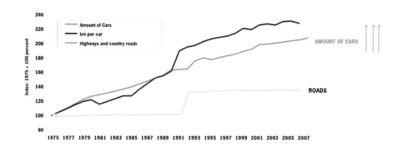

≫ 움직일 공간도 없을 만큼 빼곡히 채워진 캐릭터들이 좁은 상자 안에 갇혀 있다. 가까이에 있지만 서로 소통하고 있다기보다 오히려 답답한 이미지가 먼저 떠오르는 이 일러스트레이션은 현재를 살고 있는 우리의 모습과 많이 닮아 있다. 나는 이 일러스트레이션을 통해 현대인에게 부재(不在)하는 세 가지, 즉 공간, 책임감, 소통의 중요성을 환기하고 싶었다. 이러한 부재는 Greed, 즉 소유하고자 하는 욕심이 낳은 결과가 아닐까?

> 이런 문제들을 바탕으로, 하나의 차를 여럿이 함께 공유하는 셰어링카 시스템이 현재 진행되고 있다. 이 시스템은 주로 저렴한 소재와 간단한 디자인을 기반으로 하고 있다. 작은 사이즈에 사용하기 편리하고 주차와 충전 역시 간편하게 할 수 있지만 오로지 대중만을 겨냥했다는 것이 내가 제시한 문제점이었다. 포르쉐나 마세라티, 람보르기니, 페라리 같은 럭셔리 브랜드는 이런 의미 있고 친환경적인 콘셉트와 맞지 않는 걸까? 이 브랜드들의 고객은 왜 셰어링카를 이용하지 않을까?

또 하나, 유럽인들과 다른 문화와 인식, 다른 생활 패턴과 교통 시스템을 가진 아시아 시장에서 기존의 셰어링카가 과연 제대로 실행될 수 있을까?

≫ 나의 콘셉트를 완전히 실행시키는 시기를
2026년으로 잡았고 유럽뿐만 아니라 아시아
또한 타깃 지역에 포함시키고자 했다.

## CARS IN SEOUL,2010

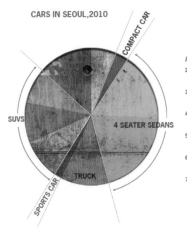

COMPACT CAR

SUVS

4 SEATER SEDANS

TRUCK

SPORTS CAR

## MOST POPULAR CARS IN 2010 (Outside of Korean cars)

| AGE | 1 | 2 | 3 | 4 |
|---|---|---|---|---|
| 20'S | AUDI A4 | VW GOLF | MINI COOPER | MERCEDES C CLASS |
| 30'S | BMW 5 SERIES | HONDA ACCORD | VW GOLF | NISSAN ALTIMA |
| 40'S | BMW 5 SERIES | HONDA ACCORD | MERCEDES E CLASS | NISSAN ALTIMA |
| 50'S | MERCEDES E CLASS | NISSAN ALTIMA | HONDA ACCORD | BMW 5 SERIES |
| 60'S | MERCEDES E CLASS | BMW 7 SERIES | HONDA ACCORD | BMW 5 SERIES |
| 70'S | MERCEDES E CLASS | BMW 7 SERIES | MERCEDES S CLASS | |

## VEHICLE SIZE PREFERNECE RESEARCH

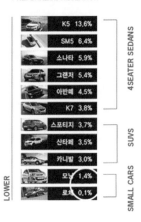

K5 13.6%
SM5 6.4%
소나타 5.9%
그랜저 5.4%
아반떼 4.5%
K7 3.8%
스포티지 3.7%
싼타페 3.5%
카니발 3.0%
모닝 1.4%
로체 0.1%

4 SEATER SEDANS

SUVS

SMALL CARS

LOWER

≫ 아시아 시장을 조사한 결과, 2010년 서울에서는 4인용 럭셔리 세단이 가장 많은 비중을 차지했고, 스포츠카와 경차가 가장 적은 비중을 차지했다. 연령대별로 가장 많이 사용된 차량 역시 4인용 세단. 차종 선호도 조사에서도 경차의 선호도가 가장 낮은 것으로 나타났다. 상대적으로 땅이 좁은 나라에서 경차가 각광받지 못하는 이유는 무엇일까? 단순히 사회적 지위를 보여주기 위해서라고 생각할 수 있겠지만 나는 그것보다 더 많은 이유들이 있다고 생각했다. 그리고 조사를 토대로 그것을 증명하고 싶었다.

≫ 유럽 브랜드를 이용하는 한국 사용자들에게 왜 경차를 선호하지 않느냐고 물어보았고, 대답은 다음과 같았다.

"대중교통이 발달해 편리하게 이용할 수 있습니다. 전철이나 버스는 넓고 깨끗해서 쾌적하게 느껴집니다."

"자동차가 사회적 지위를 과시하기 위한 수단만은 아닙니다. 교통 체증에 시달리기 때문에 조금이라도 더 편안하게 쉴 수 있는 공간을 찾다 보니 경차보다 세단을 선호하게 되는 것입니다."

"매일 교통 체증을 뚫고 출퇴근을 해야 합니다. 한 시간은 기본이고 때로는 두 시간까지도 차 안에서 보낼 때가 있는데 작은 차를 타고 있으면 너무 답답하고 스트레스가 쌓입니다." 인터뷰 대상자들이 세단을 선호하는 가장 큰 이유는 "안정적인 인테리어 공간"이었다. 사실 단 한 번도 고려하지 않았던 점이었다. 디자인과 브랜드보다 연비와 사이즈가 가장 크게 고려되는 점 또한 흥미로웠다.

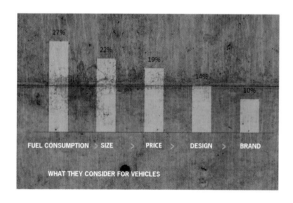

FUEL CONSUMPTION 27% > SIZE 22% > PRICE 19% > DESIGN 14% > BRAND 10%

WHAT THEY CONSIDER FOR VEHICLES

» PARKING COMPETITION
» WEEKDAY, 11:30PM

# HOW TO DESIGN ?

≫ 포르쉐의 셰어링카는 어떠해야 하는가? 기존의 셰어링카와 같은 저렴한 소재와 최소화된 디자인은 포르쉐가 지닌 브랜드 가치와 맞지 않을 뿐만 아니라, 아시아 시장에서도 성공하기는 힘들 것이라고 결론을 내렸다.

≫ 포르쉐라는 브랜드 가치, 유럽을 포함한 아시아 시장, 친환경적인 시스템, 단거리뿐만이 아닌 장거리 이용도 가능한 셰어링카. 구체적으로는, 2026년을 타깃으로 아시아와 유럽의 주요 도시들을 공략하고, 장거리 이용에 있어서 편안하며, 강한 상징적 의미를 지닌 디자인 요소들을 결합한 포르쉐의 럭셔리 전기차 셰어링 시스템. 이것이 내 콘셉트이자 목표였다. 4인용 세단 셰어링 콘셉트카는 존재하지 않았기 때문에 새로운 발상이 필요했다.

≫ 셰어링카의 '공유' 개념을 숨기고 개인 소유의 차량처럼 보이게 할 것인지, 셰어링카라는 것을 적극적으로 노출하여 보여줄 것인지 선택해야 했다. 나는 두 번째 방향을 선택했다.

≫ 공유의 개념을 보여주는 방향을 선택한 것은 사용자에게 감정적 이익을 주기 위함이었다. 포르쉐 929를 사용하는 것은 부끄러운 일이 아니라 자랑스럽고 자부심을 가질 만한 일이라는 새로운 마인드를 만들어내고 싶었다.

BODY FRAME STRUCTURE

**EXTERIOR DESIGN**

Styling
Body frame combined into external surface.
New design language from Porsche.

**SYMBOLIC PARKING SYSTEM**

Whole body frame shown in parking architecture.
New identity of shared vehicle parking tower.

*JULIANA. cho*

≫ 어떻게 디자인하면 셰어링 클럽의 의미를 찾을 수 있을까? 내 결론은 차체 구조였다. 차체 구조가 외관에 반영되게끔 디자인한다면 기존의 포르쉐가 가진 외관 조형 언어에서 새로운 디자인 언어를 창출할 수 있을 것이라 생각했다. 주차 시스템 또한 일반 주차장과 다르게 상징적으로 디자인하고 싶었다. 차체와 외관 표면이 분리되어 전시되는 개념의 주차 타워를 만들면 클럽에 가입하지 않은 일반 대중들에게도 메시지를 전달할 수 있을 것이라 생각했다. 외관 디자인과 주차 시스템의 결합. 이것이 포르쉐 셰어링 클럽을 대표하는 상징, 즉 아이덴티티가 될 수 있을 것이다.

≫ 차체 구조에 대한 아이디어 스케치다. 전기차에 사용되는 딱딱한 배터리를 개선한 액체 배터리 기술은 현재 실현 가능 단계에 있다. 액체 배터리는 지속 가능하며, 재활용과 저가 생산이 가능하다. 2026년에는 이 기술을 사용한 전기차 디자인이 충분히 가능하다고 보았고, 이 기술이 보편화된다면 그에 따라 차체 구조 디자인도 자유로워질 수 있다고 생각했다. 현재는 외관과 내관 디자인에 충실하고 차체 구조 면에서 디자인보다는 안전성과 공학적인 측면을 더 고려한다면, 미래에는 차체 구조 자체가 배터리 기능을 하면서 액체로 되어 있다는 점을 활용한 자유로운 조형 디자인이 가능할 것이다.

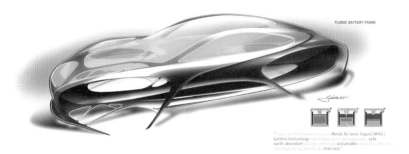

FLUIDIC BATTERY FRAME

"Roady and A11 are working on a **Metal-Air Ionic Liquid (MAIL)**
**battery technology** that is designed to be inexpensive, **safe**,
**earth-abundant** and incredibly **sustainable** while also delivering
ultra-high energy density at a **low cost**."

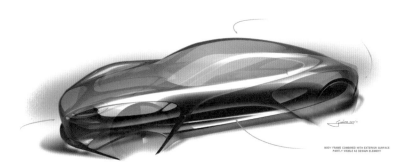

BODY FRAME COMBINED WITH EXTERIOR SURFACE
PARTLY VISIBLE AS DESIGN ELEMENT

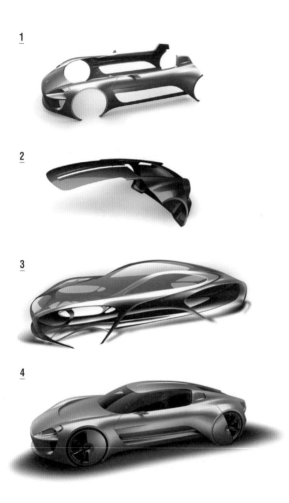

≫ 더 구체적으로 들어가 외관(**1**과 **2**)과 차체(**3**), 이 세 가지를 결합한 기본 베이스 이미지(**4**)를 스케치했다. 외관을 두 부분으로 나눈 이유는 사용자 개인에게 맞춤화가 가능하도록 하기 위함이다. 사람 수와 트렁크 공간 등을 고려해 차종을 선택할 수 있지만 차체는 모두 동일한 디자인인데 그것이 변하지 않는 셰어링 클럽의 상징이 될 것이다.

P A R K I N G    E X H I B I T I O N

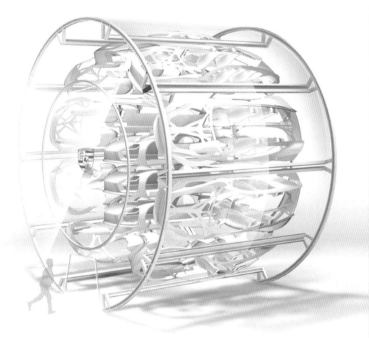

R A N S P A R E N C Y

G SPACE.

JSTOMERS.

≫ 포르쉐 929가 주차되어 있는 모습을 상상해보았다. 주차 타워는 원통의 기본 구조로, 한 대의 주차 공간밖에 차지하지 않는다. 통유리를 사용해 아트 갤러리 같은 느낌을 주고 싶었고, 클럽에 가입하지 않은 사람들에게도 셰어링 클럽의 의미를 전달하고 싶었다.

≫ 외관 디자인에 앞서 전체적인 시스템을 디자인하기로 했다. 그리고 이 시스템을 현실적으로 사용할 수 있는 탄탄한 시나리오를 짜보기로 했다.

1. JOINING MEMBERSHIP. 셰어링 클럽을 이용하는 사용자는 자신의 컴퓨터나 모바일 앱을 통해 포르쉐 카 셰어링 클럽에 가입하고 가입비를 낸다.

2. RECEIVE PERSONAL SMART KEY. 가입을 마치면 며칠 이내로 사용자의 이름이 새겨진 스마트 키가 집으로 배송될 것이다. 스마트 키는 굉장히 중요한 역할을 한다. 사용자 개인이 소유할 수 있는 물건이자 자신만의 정보를 저장할 수 있는 공간이기 때문이다. 이렇게 패키지 디자인과 이니셜을 중요시한 것은 고객들에게 '당신은 소중한 사람'이라는 느낌을 주기 위함이었다. 이 시스템에 가입되어 있다는 것 자체가 매우 의미 있다는 인식의 변화도 줄 수 있을 거라 기대했다.

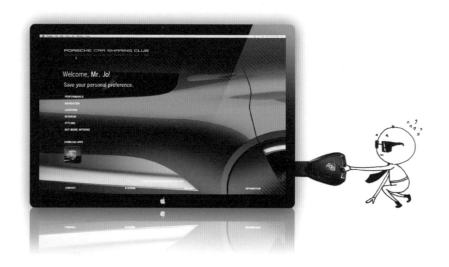

3. ACTIVATE SMART KEY. 스마트 키는 USB 메모리 형식으로 되어 있다. 스마트 키를 컴퓨터에 꽂는 순간 화면에 사용자의 이름과 "개인 정보를 저장하세요."라는 메시지가 뜬다.

4. SAVE PERSONAL DATA. 사용자들이 본격적으로 스마트 키에 개인 정보를 저장하기 시작한다. 첫 번째는 디자인. 앞서 말했듯이 외관이 두 부분으로 나뉘어 있기 때문에 앞면부터 고를 수 있다. 맞춤화 서비스가 시작됐다.

1

2

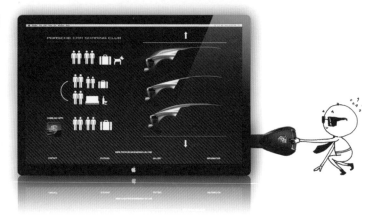

3

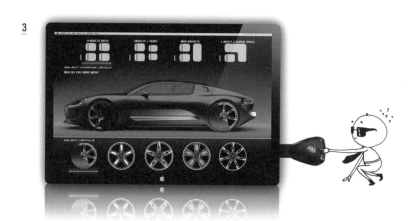

4

5. CUSTOMIZATION. 뒷면 또한 마찬가지로 선택할 수 있다. 주말에 가족과 함께 여행을 다닐 것인지, 아이들이 있는지, 커플이 탈 것인지, 트렁크 공간이 많이 필요한지 여부에 따라서 더 많은 공간을 확보할 수 있는 디자인을 선택하거나, 좁지만 날렵해 보이는 디자인을 선택할 수 있다. 이어서 인테리어 레이아웃을 고른 뒤 액세서리를 고른다.

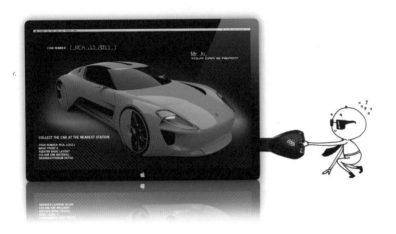

6. RECEIVE PERSONAL NUMBER.

이제 고유 번호를 받을 차례다. 디자인 정보를 포함하여 내가 자주 가는 장소, 자주 듣는 음악 등 모든 정보가 스마트 키와 고유 번호에 남아 있다. 고유 번호는 차의 번호판 역할도 한다. 스마트 키를 꽂고 시동을 거는 순간 고유 번호가 번호판에 뜰 수 있도록 디자인했다.

7. MOBILE UPLOAD. 모바일로 앱을 다운
받아 가까운 포르쉐 주차 타워가 어디 있는지
쉽게 검색할 수 있다. 그리고 언제부터 차를 사
용할 것인지 미리 예약할 수 있다.

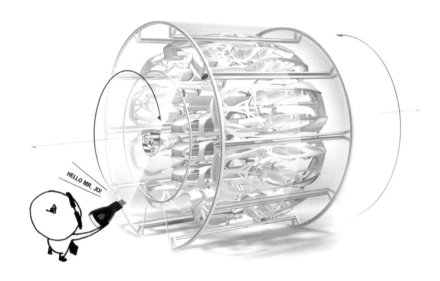

8. GO TO NEAREST STATION & INSERT
SMART KEY. 모바일 앱으로 가까운 주차 타워를
검색한 후 찾아간다. 스마트 키를 주차 타워 입구에
꽂으면 내가 온라인으로 저장했던 정보가 조합되는
과정을 지켜볼 수 있다.

9. EXPERIENCE ASSEMBLING PROCESS OF CAR. 여기서 내가 초점을 두고 싶었던 것은 전체 시나리오에 대한 경험이었다. 모델과 부품을 직접 고르고 그것이 실현되어 완성되는 과정을 통유리 주차 타워를 통해 지켜보는 경험. 물론 기존의 소형 접이식 주차가 가능한 셰어링 시스템보다 시간이 오래 걸리고 조합되기까지 기다려야 한다는 단점이 있지만, 쉽고 빠르다고 해서 다 좋은 것이라고는 생각하지 않는다. 무조건 빠름을 강조하는 게 아니라 다소 시간이 걸리더라도 과정을 즐길 수 있다는 게 내 콘셉트의 차별점이다.

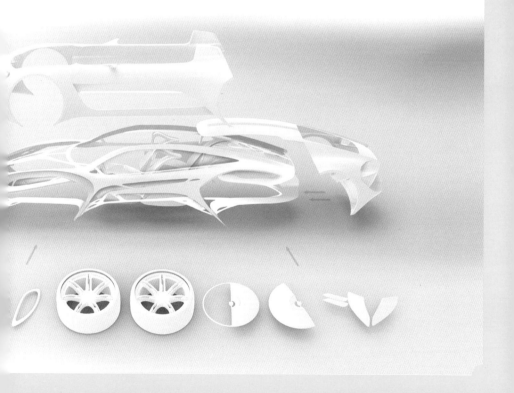

10. CHECK YOUR SAVE PERSONAL SETTINGS IN REAL. 외관 디자인을 확인했으니 다음은 시승 후 스마트 키로 시동을 걸어 내가 저장한 인터페이스를 경험할 차례다. 나의 집, 나의 음악, 나의 주소록 등 모든 세팅이 자동으로 사용자에게 맞춰져 있어 세어링카를 이용하는 동안 편안한 시간을 보낼 수 있다.

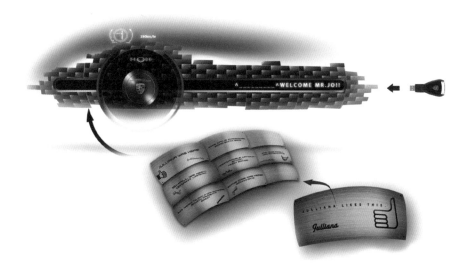

11. LEAVE MESSAGE FOR OTHER CUSTOMERS AFTER DRIVING. 인테리어 패널은 작은 알루미늄 조각들로, 그 조각들이 패턴을 만들 수 있도록 했다. 이 조각들을 뗐다 붙였다 해서 사용자가 다음 사용자를 위해 메시지를 남길 수 있는 시스템이다. 공동으로 차를 소유하고 있다는 개념을 강조함으로써 강한 책임감을 갖도록 하고 싶었고, 무엇보다 포르쉐 929를 사용하는 사용자들끼리 의사소통할 수 있는 연결 고리를 만들고 싶었다.

**LINK.**

**STRONGEST GOAL, SYMBOL OF SHARING VEHICLES.**
**LINKED PEOPLE.**
**LINKED DESIGN.**

앞서 말했듯 내가 제안하는 콘셉트의 가장 큰 의미는 사람들의 연결 고리를
디자인하는 것이었다. 나아가 디자인에 있어서의 연결을 디자인하고 싶었다.

AERODYNAMIC FORM

GEOMETRIC IGRAPHICS

FLUIDIC ORGANIC VOLUME

≫ 포르쉐 929에 영감을 준 이미지들

## OVERALL FORM LANGUAGE

≫ 기하학적인 그래픽과 패턴. 약간의 다른 기울기를 지닌 거울이 포르쉐 모델을 위에서 비춘다. 모양을 깨뜨리고 큰 기하학적 그래픽으로 나누었지만 포르쉐임을 바로 알아볼 수 있다. 이 한 장의 이미지가 내가 만들고 싶은 새로운 외관 디자인을 모두 나타내준다.

# SKETCHES

INITIAL THEMES

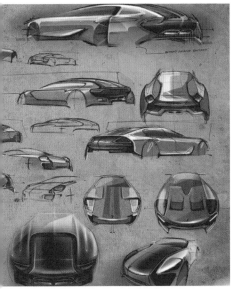

≫ 이니셜 스케치

INITIAL FRONT IDEATION

≫ 앞면에서 차체 구조가 어떻게 외관 디자인에 노출될 수 있을지 고민해보았다. 포르쉐 904 모델의 낮은 보닛과 앞쪽 펜더를 따라 올라가는 헤드램프 부분을 새롭게 해석하고 싶었다. 포르쉐 929의 헤드램프는 전체가 링으로 되어 있어 차체에 얹혀 있는 개념으로 조합이 가능하고, 다른 부분으로 대체할 수 있다.

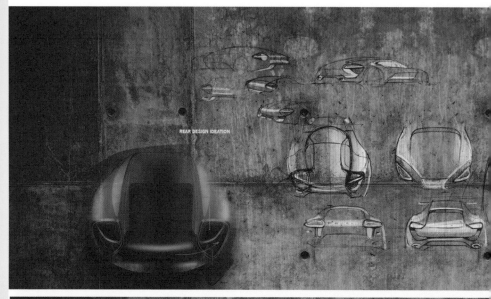

REAR DESIGN IDEATION

INITIAL THEMES

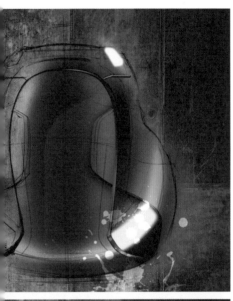

》 뒷면과 탑뷰의 아이디어 스케치

》 옆면의 전체적인 실루엣과 비례,
   그래픽 연구 스케치

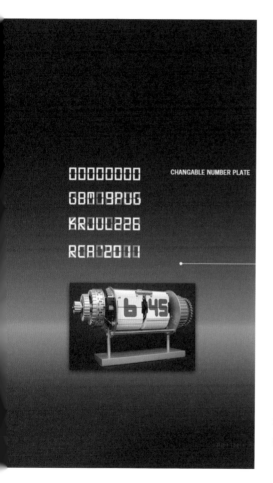

OOOOOOOO

GBMO9PUG

KROOC226

RCAO2OOO

**CHANGABLE NUMBER PLATE**

≫ 뒷면에서 본 파이널 이미지. 사용자에 따라
번호판이 바뀔 수 있다.

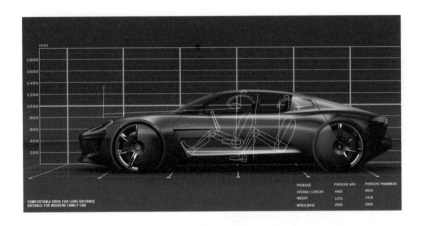

PACKAGE | PORSCHE 929 | PORSCHE PANAMERA
OVERALL LENGTH | 4900 | 4970
HEIGHT | 1270 | 1418
WHEELBASE | 2900 | 2920

COMFORTABLE DRIVE FOR LONG DISTANCE
SUITABLE FOR WEEKEND FAMILY CAR

≫ 차의 전체적인 크기와 높이를 보여주는 패키지 컷. 학생 작품이지만 현실적인 패키지를 무시하고 싶지 않아, 포르쉐 파나메라 모델보다 높이는 낮지만 애스턴 마틴(영국의 고급 스포츠카 제조 업체)의 4인용 세단인 라피드 모델보다는 높게 디자인하여 네 사람이 충분히 탈 수 있는 헤드 클리어런스(시트에 앉았을 때 머리와 지붕 사이의 간격)를 확보했다. 전체적으로 파나메라 모델보다 심플하고 가볍게 디자인하려고 노력했다.

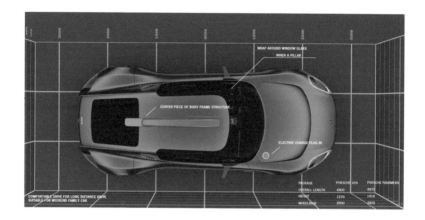

>> 탑에서 정중앙으로 가로지르는 디테일이 차체 구조의 일부분인 것을 나타내고 싶었다. 창의 경우, 외관에 기둥이 없는 랩 어라운드 글래스(유리창을 랩으로 감싸듯 이어지게 둘러싸는 디자인)로 운전자의 시야를 넓게 확보하고, 기존 포르쉐 904 모델의 주유구가 위치했던 자리를 새롭게 해석해 전기차를 충전하는 곳으로 의미를 전환했다.

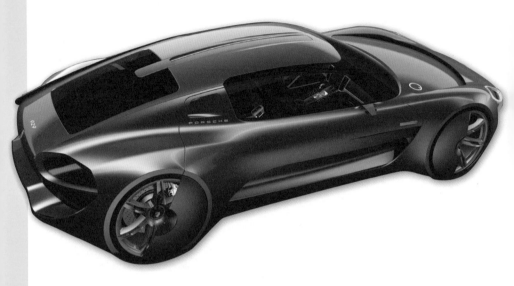

≫ 시각적 그래픽을 연결하기 위해 디자인한 휠 커버는 공기 저항력을 개선하는 효과도 있다. 이 장치는 사용자의 취향에 따라 없앨 수 있도록 디자인했다.

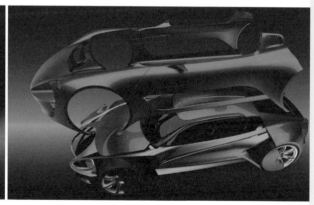

≫ 주차 타워와 그 안에서 조합되는 이미지

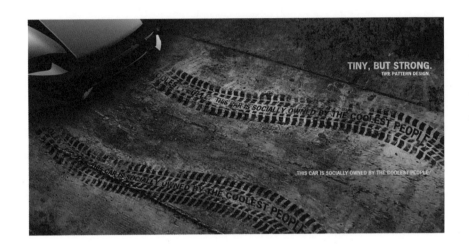

TINY, BUT STRONG.
TIRE PATTERN DESIGN.

'THIS CAR IS SOCIALLY OWNED BY THE COOLEST PEOPLE'

≫ 작은 디테일 아이디어를 추가했다. 타이어의 기존 패턴을 벗어나 양각으로 문구를 새겨 주행 중에 남겨지게 했다. "This car is socially owned by the coolest people." 이라는 문구로, 셰어링 클럽에 가입되어 있지 않은 사람들을 위한 유혹의 메시지다.

FAMILY.

≫ 기존 포르쉐 파나메라 모델과의 비교 이미
지. 포르쉐의 패밀리라는 것을 중요시하면서
동떨어진 디자인으로 포르쉐 929를 디자인하
지 않으려고 노력했다.

URBAN.

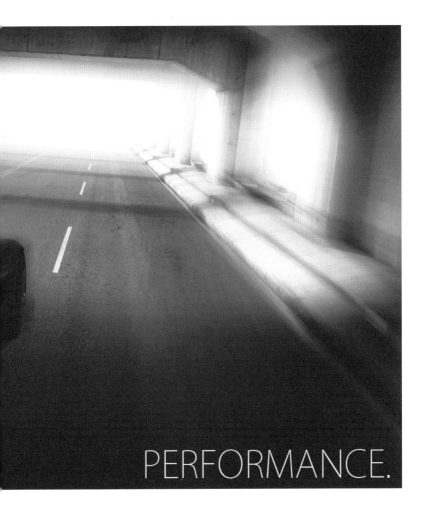

PERFORMANCE.

9 2 9 NINE TO NINE
P O R S C H E

/
RCA 최고의 영예,
콘란상의 위너가 되다

**RCA 최고의 영예인 콘란상**Conran Award**.** 학교의 이사장인 콘란이
수여하는 상으로 졸업생이 받을 수 있는 가장 명예로운 상이다.
21개의 과에서 6명을 뽑아 수여하는데 그중 2명만이 위너Winner다.
자동차 디자인과에서는 2010년에 딱 한 번밖에 받은 적이 없었
다. 독일에서 그 상의 후보로 지명되었다는 소식을 들었다. 최종
평가를 받기 위해서는 전시장에서 모델을 두고 프레젠테이션을
해야 했다. 그런데 예상치 못한 사태가 벌어지고 말았다. 당시 내
모델의 무게는 60킬로그램. 사전에 항공사에 문의했을 때에는 비
행기로 옮길 수 있다고 했는데 막상 공항에 도착하니 안 된다는

것. 나는 독일에 있었고 RCA에서의 발표는 그날 오후 2시. 트럭 운전사를 찾을 수도 없었다. 모델이 없더라도 당장 발표부터 먼저 해야 했기에 일단 내가 먼저 학교로 가면 친구가 차로 모델을 가져다주기로 했다. 겨우 시간에 맞춰 학교에 도착하니 이미 사람들이 기다리고 있었다. 짐을 제대로 풀 시간도 없어 트렁크를 옆에 놓은 채 발표를 했다. 이런저런 사정으로 모델을 못 가져왔다고, 되도록 자연스러움을 유지하려고 노력하면서 노트북을 펼쳐놓고 발표를 시작했다. 친구들은 모델 앞에서 정장을 갖춰 입고, 어떤 친구는 방 하나를 가득 채워놓고 발표를 하기도 했는데 나는 정신 차릴 새도 없이 머리도 엉망이었다. 심사 위원의 반응이 좀 냉소적이어서 발표하는 내내 진땀을 흘리며 어렵게 발표를 마쳤다. 짧은 시간에 날카로운 질문들이 이어졌다. 나는 발표라도 했으니 다행이라고 스스로를 위로했다. 그런데 그날 저녁, 뜻밖의 메일이 한 통 와 있었다.

"당신이 RCA의 위너로 선정되었습니다."

RCA 학생이라면 누구나 욕심내는 영광스러운 상을 내가 받게 된 것이다. 다음날 새벽, 친구가 장장 열 시간이 넘게 운전해 모델을 가져다주었다. 덕분에 정식으로 시작한 졸업 전시회에서 내 모델을 보여줄 수 있었다.

한 달 동안의
인터뷰 투어

**졸업 작품 전시회는 정말 중요한 자리다.** 각 회사의 중요한 인물
들이 와서 전시를 둘러보는데, 아침부터 밤까지 프레젠테이션을
하다 보면 목이 쉴 정도가 된다. 하지만 이틀 안에 중요한 결정이
이루어지기 때문에 아무리 피곤하더라도 최선을 다해서 발표를
해야 한다. 이 프레젠테이션이 곧 기업의 입사 인터뷰인 셈이다.
보통 그 자리에서 입사 제의를 받기는 하지만 그것은 정식 입사
제의가 아니라 제안 정도라고 보면 된다. 명함을 받은 것만으로
입사 제의를 받았다고 착각하면 안 된다. 일상적인 인사치레에
지나지 않으니까. 그들은 빈말을 하지 않는다. 대신 이렇게 말한
다. "이 디자인의 어떤 점이 마음에 든다. 우리 회사에서 이러이
러한 것들을 하면 좋겠다." 그들과 대화를 하다 보면 날 진지하게
생각하는지 아닌지 느낌이 온다. 그들은 졸업생들의 명함을 가져
가며, 정식 입사 제의는 이메일로 받는다.

그다음이 인터뷰다. 회사에서 항공권과 숙박까지 모두 제공해주
니 안내받은 대로 가기만 하면 된다. 감사하게도 나는 정말 많은
회사들로부터 입사 제의를 받았다. 재미있는 것은 자동차 회사들
뿐 아니라 다른 분야의 회사들에서도 제안이 들어왔다는 것. 그
중 하나인 앤드루 윈치라는 요트 회사의 경우 대표인 앤드루 윈
치가 직접 내게 제안을 했다. 졸업 작품 전시회에 영감을 얻으려
고 왔다가 내 작업이 마음에 들었다는 것이다. 내가 회사에 대해
잘 모른다고 하니 그는 깜짝 놀랐다. 앤드루 윈치는 개인 요트,
개인 제트기 등 상류층 중에서도 최고들을 위한 라인을 디자인하
는 회사였다. 비행기 안에 스파가 있고 안전벨트도 없다! 런던 시
내 한복판에 위치한 디자인 사무실은 고급 요트처럼 꾸며져 있었
다. 자동차 디자인 사무실보다 스케일은 작았지만, 하나부터 열
까지 친절하게 설명을 해주면서 어떤 식으로 모델을 만드는지 보
여주었다. 일대일 고객들을 위한 맞춤 디자인은 어떻게 해야 하
는지, 답이 없어 보이는 요구들을 멋지게 풀어가는 과정들을 볼
수 있었다. 개인 제트기를 테스트할 때는 책임 디자이너가 직접
타보기도 한다고 했다.

밀레니엄 브리지를 건축한 포스터 앤 파트너스라는 건축 회사의
노먼 포스터에게도 입사 제의를 받았다. 그는 내게 건축가가 되
어보면 어떻겠느냐고, 자기네는 무조건 건축가만 뽑지는 않는다

고, 오히려 다른 분야의 디자이너들이 아이디어를 냈을 때 획기
적인 디자인이 나오는 경우가 많다고 하며 입사를 권유했다. 요
트나 건축물은 언젠가 디자인해보고 싶은 영역이긴 했지만 그 시
점에서 내가 가야 할 길이 아니었다. 좋은 경험을 쌓았다는 것으
로 만족하기로 했다.

보통 인터뷰는 이틀 정도 소요된다. 제안이 들어온 회사들 중에
서 내가 가보고 싶은 곳들을 선택해 인터뷰 일정을 조율했다. 인
터뷰를 거절해야 하는 경우에는 정중히 거절 메일을 썼는데 해야
할 말과 격식을 고민하다 보니 자연스럽게 얻어지는 것이 있었
다. 이탈리아, 프랑스(파리), 독일, 영국(런던)……. 그렇게 졸업
후 한 달 반가량을 인터뷰 투어를 하며 보냈다. 개인 비서가 있었
으면 좋겠다 싶을 정도로 일정을 짜기가 힘들어 스트레스도 많이
받았다.

인터뷰 투어 기간 동안 여러 회사를 둘러보면서 각각의 회사가
지닌 고유한 아이덴티티를 알게 되었다. 친구 중에 재규어에서
인턴으로 일하는 친구가 있었다. 지나치다 싶을 정도로 충성을
다하는 친구가 이해되지 않았는데 막상 재규어에 가보니 친구가
왜 그랬는지 이해가 되었다. 동료들을 "패밀리"라고 부르면서 뭉
치는 모습이 얼마나 보기 좋던지. 르노는 프랑스에서 가장 큰 자

동차 회사 중 하나로, 스케일로 따지자면 벤츠와 맞먹는다. 자동차 가격이 상대적으로 저렴해서 일반인들에게는 다소 저평가되지만 디자인으로는 굉장히 강한 회사고 입사하기도 매우 힘들다. 그 회사의 헤드인 중국계 미국인 앤서니 같은 경우 내가 자리에 없는 동안 내 졸업 작품을 보고는 핸드폰에 긴 메시지를 남겼다. 그래서 프랑스에 인터뷰를 보러 갔다. 난 가족 같은 분위기를 원했는데 막상 가보니 규모가 너무 커서 인터뷰를 보는 과정도 만만치 않았다. 그리고 롤스로이스. 그야말로 탑 라인이고 가고 싶어 하는 친구들도 많았지만 처음 시작하는 회사로 괜찮을까 고민이 됐다. 디자이너가 이끈다기보다는 고객 위주니 말이다. 게다가 영국 왕족의 차가 아닌가. 좀 더 경력을 쌓은 다음에 가야 할 곳 같았다.

회사의 분위기는 자동차 디자인과도 연결되고, 일하는 분위기도 좌우한다. 르노 같은 경우는 펑키한 디자인을 하는 회사임을 반영하듯, 아무렇게나 누워서 노트북을 가지고 자유롭게 디자인을 한다. 포르쉐나 롤스로이스는 클래식한 분위기, 벤츠는 대중적인 럭셔리 라인이다 보니 스케일이 크고 사람들에게 보여주려는 것도 많다. 위치 면에서는 런던의 닛산이 내가 살던 집과 가장 가까웠다. 포드도 런던의 소호에 있어 위치 면에서는 좋았지만 일적인 면에서는 나와 방향이 맞지 않았다.

많은 비용을 투자해 초청해준 곳에 거절의 뜻을 전하는 것도 쉽지 않았다. 이탈리아의 피아트 같은 경우가 가장 힘들었다. 어쩌다 보니 현금을 챙겨 가지 못했는데, 설상가상으로 뮌헨에서 갈아탈 비행기를 놓치고 말았다. 큰 비용을 투자해 초대를 한 것인데…… 어떻게든 가보기로 했다. 인터뷰는 3시로 잡혀 있었는데 다음 비행기는 4시. 비서에게 전화를 걸어 카드도 안 되고 현금도 없어서 가지 못하는 상황이 되어버렸다고 솔직히 이야기했다. 피아트에서는 내 전화를 받고 그날의 인터뷰를 모두 취소했다. 친구에게 돈을 송금받아 다음 비행기를 탈 수 있었다. 피아트의 수석 디자이너가 공항으로 직접 나를 데리러 오셨다. 자신은 아예 가방을 잃어버린 적도 있다면서 맛있는 밥도 사주시고, 칭찬도 많이 해주시고, 좋아하는 거리도 소개해주셨다. 전날 못했던 인터뷰까지 다 해야 해서 정신없는 하루를 보냈던 기억이 난다. 그리고 BMW. BMW는 "네 지적인 배경이 마음에 든다. 우리는 똑똑한 사람을 원한다. 네 가치관도 마음에 든다."라고 나에 대한 소견을 밝혔다. 수석 디자이너는 디자인다운 디자인을 강조했다. BMW의 모델들을 어떻게 생각하는지, 솔직한 생각을 듣고 싶어 했다. BMW의 익스테리어 팀에서는 BMW 내에서도 경쟁을 통해 뽑힌 디자이너들이 모여 콘셉트 그대로 제품으로 양산해낸다. 디자이너가 자기 디자인을 밀고 나가는 환경이 마음에 들었다.

여러 회사에서 인터뷰를 하면서 그들이 어떠한 마음과 자세로 디자인을 하는지 배울 수 있었다. 단순히 자동차 디자인에만 국한되는 것이 아니라, 삶 자체를 디자인에 녹아들게 하려는 모습을 직접 볼 수 있었던 것이 내겐 무엇보다 값진 소득이었다.

인터뷰를 통과했다고 곧바로 채용이 되는 것은 아니다. 디자인 팀에서 나를 좋아하더라도 인사 팀이나 다른 부서에서 나를 마음에 들어 하지 않을 수도 있기 때문이다. 인터뷰를 하면서 확신하게 된 것 중 하나는 자연스럽게 대화하듯이, 솔직하게 말해야 한다는 것이었다. 친구와 이야기하듯 편안하게 대하다 보니 오히려 상대방도 나를 좋아한다고 느껴졌다. 면접관들은 합격이 되지 않더라도 나는 너를 응원할 것이다, 계속 연락하고 지내고 싶다, 너를 계속 지켜보겠다. 진심을 담아서 후배 디자이너를 지지하고 격려해주었다. 여자라고, 동양인이라고 차별하지는 않았다. 자동차 디자인 분야는 아직까지 남성 중심이지만 차별 없이 인재를 뽑는 것을 굉장히 중요하게 여겼다. 이 회사에 오면 우리가 시키는 이러저러한 일들을 해야 한다고 겁주지도 않았다. 대신 우리는 이러이러한 철학관을 가졌는데 너와 잘 맞는 것 같다고, 네 생각과 가치관이 이런 점에서 마음에 들었다고 말했다. 충성심을 보여달라고 요구하는 것이 아니라, 자기만의 독특하고 새로운 아이디어를 제안해달라고 부탁하는 그들의 태도가 인상적이었다.

졸업 작품 전시회 때까지만 해도 포르쉐에 입사할 거라는 기대가 있었다. 그러나 정작 포르쉐에서는 입사 제의를 받지 못했다. 가는 곳마다 내게 그 이유를 물어보았고 그때마다 일일이 대답을 해야 했다. 인터뷰 중에도 어김없이 포르쉐 일은 어떻게 된 거냐는 질문이 나왔다. 인턴으로 일했던 포르쉐에서 입사 제의를 못 받았지만 회사가 원망스럽지는 않았다. 오히려 그 덕분에 인터뷰를 하며 여러 회사를 두루 경험할 수 있었으니까. 한 사람을 채용하기 위해 많은 기업들이 대단한 노력들을 하고 있다. 사람이 기업을 바꾸고 때로는 살릴 수 있다는 생각이 있어 가능한 일일 것이다. 세계적인 기업들은 이제까지 그런 정성과 노력을 기울였기에 그 자리에 오를 수 있었을 것이다.

## PART 3

# 1밀리미터의 싸움

마침내 내 작업이 천천히 하나둘씩 회사에서 인정받기 시작했다.

이제는 모든 사람들이 내 이름을 알고, 내 이름을 불러주고,

의견을 물어준다.

ARE YOU
GOING TO
SINK OR SWIM?

/
나는 디자이너인가
포르쉐 직원인가

**포르쉐에서는 나를 뽑지 않았다.** 그런데 나는 이상할 만큼, 상처 받거나 서운해하지 않았다. 1년에 한 가지도 디자인하기 힘든데 나는 두 가지나 해냈으니 그것만으로도 충분히 만족스러웠다. 자동차 디자이너는 그저 회사에서 요구하는 대로 디자인한다고만 생각했는데 포르쉐에서 일하면서 그 편견을 깰 수 있었으니 정말 큰 가르침을 배웠다고 생각한다. 포르쉐의 디자이너들은 럭셔리를 이해하지 못하면 럭셔리를 디자인할 수 없고, 레이서를 이해하지 못하면 스포츠카를 만들 수 없다고 생각한다. 그래서 삶의 모든 것들을 디자인과 연결시키고 그런 삶을 즐긴다. 그러다 보니 디자인뿐만 아니라 다른 부분에서도 프로페셔널, 그 자체다. 그들을 보고 있으면 저렇게 행복하니까 행복한 디자인이 나오는 구나 싶었다. 디자이너가 자동차 하나를 전적으로 책임지는데, 이때 상사는 디자이너와 다른 의견을 가지고 있다고 하더라도 함부로 고치라고 명령하거나 지시하지 않는다. 한국의 기업 문화를 생각하면 설마 싶겠지만 실제로 포르쉐에서는 그렇게 한다. 담당 디자이너가 끝까지 책임질 수 있도록 해준다. 그러니 디자이너는 스케치하고 모델을 만드는 데만 그치는 것이 아니라 마케팅, 엔지니어링, 터널 테스트 미팅 주선 등 하나부터 열까지 모든 것들을 관할해야만 한다. 엔지니어들과 긴밀하게 소통하기 위해 독일어 구사는 필수다. 무엇보다 자신이 지키고 싶은 디자인 요소들을 설득할 수 있는 매니지먼트 스킬이 중요하다.

포르쉐는 지난 10년 동안 내가 세 번째 인턴이었을 정도로 사람을 잘 뽑지 않는 회사다. 그런 회사에서 당장 필요한 사람은 디자인뿐 아니라 매니지먼트까지 할 수 있는 사람이었다. 포르쉐에 남을 수 없었던 결정적인 이유는 바로 독일어라는 언어에 있었다. 게다가 나는 감정적인 편이어서 원하는 대로 일이 진행되지 않을 때 바로 다음 대책을 내놓는 게 아니라 먼저 패닉에 빠지는 스타일이다. 그런 모습을 동료들에게 보이기도 했으니 취업이 안 된 것에 대해 불만은 전혀 없었다. 포르쉐는 내가 가장 취약한 부분들이 무엇인가를 알려준 셈이다. 디자이너로서 내가 지닌 특성에 맞고 더 성장할 수 있는 회사를 선택하는 것이 맞는 일이라고 생각했다. 나를 성장시켜주고 내 단점이 무엇인지 가르쳐준, 나

를 가장 잘 아는 회사로부터 입사 제안을 받지 못한 건 아이러니
한 일이었지만, 오히려 내게 새로운 기회가 열린 거라고 생각하
기로 했다. 포르쉐에서 친하게 지내게 된 동료 디자이너 역시 안
타까워하면서도 정확한 포인트를 지적해줬다. 매니지먼트 스킬
이라든지, 예상하지 못한 상황에서 신속하게 대처할 수 있는 능
력을 갖춰야 할 필요가 있다고. 네 실력이 부족해서 그런 것이 아
니니 절대 자신감을 잃지 말라고.

그런 뒤에 동료가 던진 말을 잊을 수가 없다.
"넌 디자이너가 되고 싶은 거지 포르쉐 직원이
되고 싶은 게 아니지 않아?"

회사 일로 가끔 감정에 치우칠 때마다 나는 동료의 그 말을 떠올
린다. 그리고 내가 정말 행복한 시간을 보내고 있는지 돌아본다.

/

청바지와 티셔츠를 벗고
정장을 입다

**RCA 졸업 전시와 함께 그동안의 노력에 대한 보상이** 한꺼번에
쏟아졌다. 물론 자동차 시장의 경기가 좋은 완벽한 타이밍에 졸
업을 했다는 이점도 있었다. 많은 회사의 매니저들이 학교로 찾
아와 내 작품과 포트폴리오를 보았고, 나는 그들에게 내가 누군
지 알릴 수 있는 영광스러운 기회를 얻었다. 일주일도 안 되는 시
간 동안 나는 재규어, 랜드로버, 르노, 피아트, 마세라티, 롤스로
이스, 벤츠, BMW i 등 많은 자동차 회사에서 입사 제의를 받았
다. 물론 내가 열심히 한 것도 있겠지만 운도 따라주었음을 솔직
하게 고백한다. 경기가 좋았고, 여성 디자이너로서 기존의 남성
디자이너와 다를 수 있다는 기대도 장점으로 작용했다. 프레젠테
이션 날에 최상의 컨디션이었던 것도 행운이었다.

모든 회사가 전부 다 마음에 들었기 때문에 좀처럼 선택을 할 수
없었다. 한 달이라는 긴 시간 동안 인터뷰를 다니며 사람들의 조

언을 듣고, 내가 원하는 게 무엇일지 생각을 정리하기 위해 차트도 만들어보면서 어느 곳에서 일을 시작하는 게 좋을지 고민했다.

BMW i에 관심이 갔다. 그런데 어느 누구도 이 스튜디오에 대해 정확한 정보를 알지 못했다. 독일에서 국가 프로젝트로 여길 만큼 완전히 새로운 자동차 시장을 열, 가장 미래적인 스튜디오 BMW i. 전기 자동차로 기존의 자동차 시장을 완전히 바꾸겠다는 큰 포부를 갖고 비밀리에 BMW의 실력 있는 디자이너들을 모아 만든 이 스튜디오는 새 디자이너를 뽑지 않을 만큼 기밀에 신경을 썼고, 그래서 외부인들은 내부 사정에 대해 정보를 구하기가 힘들었다. 이 스튜디오에서 2009년에 선보인 'Efficient Dynamics'라는 콘셉트카는 자동차 디자인계에서 큰 주목을 받았고, 그 이후에 i8, i3 모델을 뽑아내며 새로운 추세를 이끌어왔다 (내가 입사할 때는 콘셉트카만 나온 상황이었다). 모든 스튜디오를 통틀어 가장 새롭고 혁신적인 디자인을 하는 스튜디오였기에 입사해보라는 조언을 많이 받았다. 오랜 고민 끝에 BMW i에서 시작해보기로 최종 결정을 내렸다.

그리고 BMW i는 정말 달랐다. 보스와 디자이너의 수직 관계가 전혀 없었고, 미팅을 하면서 브레인스토밍 보드를 함께 만들어갔다. 기존의 자동차 디자인의 전통적인 틀인 2D 스케치, 3D 렌더

링, 모델링이라는 절차를 벗어나 콘셉트 중심으로 리서치를 많이 했다. 그곳에서 나는 이 분야에서 천재 디자이너로 불리는 실력 파 동료들과 함께 일했다. BMW i는 내 졸업 작품의 콘셉트와 리서치에 관심이 많았는데(다른 회사에서는 조형 감각에 더 관심이 많았다) 입사 후 실제로 일을 해나가면서 그 이유를 알 수 있었다. BMW i에서는 자동차 자체보다 자동차를 둘러싼 시스템과 사람들에 더 중점을 두었다. 단순히 조형적인 스타일링보다 깊은 의미에 관심을 기울였다.

나의 동료들은 하나같이 내가 학생 시절부터 우러러보던 뛰어난 디자이너들로, 그들이 일하는 방식은 남달랐다. 회사 안에는 플레이스테이션과 낮잠을 잘 수 있는 빈백bean bag 소파가 있고, 디자이너들은 틈날 때마다 커피를 마시며 자유롭게 이런저런 이야기를 나누었다. 때론 점심시간에 근처 호수에서 수영을 하며 피크닉을 즐기기도 하는 그들. 너무나 자유로운 분위기에 처음에는 적응이 되지 않을 정도였지만 금세 익숙해졌고 나도 그들과 함께 일을 즐길 수 있었다.

어찌 보면 꿈 같은 직장일 수도 있었을 텐데, 시간이 지날수록 조금씩 불안해하는 나 자신을 발견했다. 내가 입사한 이후로 프로젝트가 너무나 적었고, 콘셉트와 리서치 위주, 그리고 비현실적인 디자인 스케치들을 하는 과정에서 전통적인 디자인을 배우고 싶었던 나의 욕망이 채워지지 않았다. 무엇보다 내가 가장 취약했던 자동차에 대한 전문적인 지식 부분을 채우지 못하는 것 같아 겁이 나기도 했다. 동료들은 기존의 경력을 토대로 그곳에서 여유롭게 새로운 경력을 쌓아갔지만, 신입 초짜인 내게는 보다 확실한 배움, 확실한 경력이 필요했다. 너무 이른 시기에 그 회사에 입사한 것 같다는 생각이 들기 시작했다.

이직을 결심했다. 입사한 후 회사를 금방 옮기는 것에 대해 한국에서는 부정적인 시선으로 바라보는 경향이 있어 고민이 됐지만, 일단 결심이 서면 지체하지 않고 빨리 생각을 실행에 옮기는 것이 커리어에도 도움이 될 것 같았다. 다행히 한 번 입사를 거절했던 벤츠로부터 다시 제안을 받을 수 있게 되었고, 나는 이 두 번째 기회를 놓치지 않았다. 벤츠는 BMW i보다 훨씬 보수적이었지만 그곳에는 무수히 많은 프로젝트들이 있었다. 그리고 벤츠의 디자인은 전통적인 자동차 디자인 그 자체였다.

지금 나는 벤츠에서 자동차를 만든다. 벤츠에 입사한 후에 꿈의 프로젝트, 숨막히는 경쟁, 장인정신을 고집해 모든 면들을 수작업으로 진행하는 디자인 모델링 프로세스 들을 경험하면서 나만의 경쟁력을 쌓아가고 있다.

BMW i와 벤츠의 분위기는 극과 극이다. 청바지에 티셔츠를 입고 출근하는 것과 정장을 입고 출근하는 것, 그 둘의 차이로 설명이 될까? 자유롭고 미래적인 BMW i와 전통적인 클래식의 벤츠. 어느 곳이 나에게 더 좋고 나쁜지는 모르겠지만 둘 다 경험한 것에 의미를 둔다. 그 시간들의 도움을 받아 너무 진보적이지도, 너무 보수적이지도 않은 디자인을 보여주고 싶다.

/
삶은 즐겁지만은
않은 것

**외국에서 외롭고 힘들 땐 어떻게 극복하나요?** 가끔 그런 질문을 받는다. 나는 극복하려 하지 않고 그냥 받아들인다. '외롭다', '힘들다' 생각하기보다는 그 상황을 즐기려고 노력한다. 외국 생활을 하면서 가장 힘들었던 점은 살 집을 구하고, 필요한 것들을 설치하고 꾸미고, 그 이후에 생기는 모든 문제점들을 가족과 친구 없이 혼자 해결해나가야 한다는 것이었다. 다행히 미국에서 유학 생활을 오래 하신 부모님 덕에 그것이 가장 큰 문제가 될 것이라는 것을 알고 있었다. 처음 영국으로 유학을 갈 때에는 엄마가 함께 동행하여 2주 동안 이런저런 일들을 챙겨주셨다. 하지만 이후에는 영락없는 떠돌이 신세. 영국에서 한 번 더 집을 옮겼고, 인턴 생활을 하러 독일로, 졸업 후에 다시 독일 뮌헨으로, 그리고 이직을 하면서 지금 살고 있는 슈투트가르트로. 신기한 건 단 한 번도 내가 상상했던 대로 순조롭게 진행된 적이 없었다는 것. 혼자 집을 알아보는 게 너무 힘들어서 길 한가운데에서 엉엉 운 적도 있다. 내가 너무 완벽한 집을 원하는구나 싶었다. 세상에 내 맘에 쏙 드는 집은 없다는 걸 인정해야만 했다.

지금 살고 있는 집으로 이사를 올 때는 그야말로 '암흑의' 시기였다. 이 지역에는 아는 사람이 정말로 하나도 없었고 말도 통하지 않아 몇 개월을 집 없는 상태로, 짐도 풀지 못한 채 회사만 다녔다. 몇 달 후에 어렵게 구한 집은 아무런 불빛도, 가구도, 심지어 부엌도 설치되지 않은, 말 그대로 '빈집'이었다. 직접 조립하고 설치하는 문화가 자리 잡혀 있는 독일에서는 아무것도 설치되어 있지 않은 집을 흔히 볼 수 있다. 호스만 나와 있는 상태의 부엌을 대체 어디서부터 설치하라는 건지…… 막막했지만 동료들에게 조언을 구하며 치수를 재고, 재료를 구하고, 톱과 드릴을 들고 겨울 휴가 내내 부엌을 설치했다. 차 한 대를 디자인하는 것보다 어려웠던 인고의 과정을 거쳐 부엌뿐만 아니라 집 안 모든 가구들을 조립하고 설치하는 데 성공했다. 이제는 내게 익숙한 일이다.

삶이 언제나 즐거울 수만은 없다. 인정하고 받아들이다가도 혼자 있다 보면 문득 감상에 빠지곤 한다. 특히 비 오는 날이 그렇다. 다행히 혼자 있는 걸 즐기는 타입이라 삶에 방해가 될 만큼 감정

의 늪에 빠지지는 않는다. 힘들 때는 있지만 내가 외국에 혼자 있기 때문이라는 생각은 버리려 한다. 기분이 다운된다 싶으면 또 그런 시기가 왔구나 하고 자연스럽게 받아들이려 한다. 인간이라면 당연히 우울한 날도 있기 마련이고, 화날 때도 있기 마련이라고 생각하면 마음이 편안해진다.

흑역사
리플레이

**부끄러운 고백이지만 나는 정말 내가 최고인 줄** 알았다. 미국에서 한국으로 왔을 때 겪었던 어려움, 대학 입시 실패, 몇 번의 취직 실패가 있었지만 결국에는 내가 계획해왔던 큰 틀에서 크게 벗어난 적은 없었다. 작은 실패들을 겪을 때마다 좌절했지만 또 금방 일어섰고 그에 대한 자부심도 강했다. 무슨 일이 일어나도 나는 잘 해내고 만다, 내가 원하던 대로 모든 것을 이룰 수 있다, 그런 마음과 믿음이 강했다.

이곳 독일에서 홀로 지내면서 나는 과거를 자주 되돌아본다. 가장 가까운 과거인 학창 시절이 상념의 단골 메뉴다. 먼저 학부 시절 졸업 전시 때. 나는 내가 가장 잘할 수 있고 하고 싶었던 콘셉트를 잡아 패션 브랜드 샤넬의 콘셉트카를 디자인했다. 말하기 부끄럽지만 그 당시 나름 '히트'를 쳤고 나는 자신감으로 가득 차

영국 왕립예술학교에 진학하기에 이른다. 설렘 반 두려움 반으로 시작한 유학 생활. 많은 프로젝트들에서 1등을 했고, 최초의 동양인이자 최초의 여성으로 차세대 디자이너에게 수여되는 브리티시 센터너리 어워드, 최우수 졸업상인 콘란상을 받으며 주목을 받았다. 그리고 대학원 졸업 전시 후, 나는 꿈에 그리던 회사들, 그것도 열 군데가 넘는 회사들로부터 입사 제의를 받았다. 이런 경험들은 내게 자신감을 선물해주었지만 한편으로는 커다란 자만심도 안겨주었다. 일단 자리 잡은 자만심은 좀처럼 떠나가질 않았고, 오히려 점점 더 커져갔다. 이전의 실패들은 잊혀져갔다.

생각해보면 수많은 레슨을 거쳐왔는데도 늘 똑같이 실수를 반복한다. 대학 입시 때도 그렇다. 미술을 한다고 외고에서 쉽게 전학 가버릴 만큼 미술에 있어서만큼은 자신이 있었는데, 결과는 어땠는가. 몇백 번까지 있는 예비 번호 안에도 들지 못한 완벽한 판단 미스. 특별하지 않으니 정말 열심히 노력해야 한다는 걸 깨달았을 때에야 원하던 대학에 진학하지 않았던가. 그때 배운 걸 또 잊었다.

그리고 학부 때. 경쟁을 뚫고 혼다와 GM대우(한국지엠)에서 인턴십을 했다. 하지만 입사는 혼다와 GM대우, 현대 모두 탈락. 당연히 졸업 전에 취직이 될 줄 알았지만 결과는 참패였다. 울고불고 한바탕 난리를 친 후에야 나는 다시 깨달았다. 운이 없어서가 아니라 실력이 부족해서였다는 걸. 그러면 뭐하는가. 그 후에 이 모든 레슨을 잊고 또 자만심에 빠진 것을.

이곳에서 제대로 수업을 받고 있는 것 같다. 실제 자동차 디자인 분야에서 일해보니 나는 정말 특별할 것이 없었다. 지금 같이 일하고 있는 동료들, 다른 회사에서 일하고 있는 디자이너들, 그 누구도 나보다 더 뛰어났으면 뛰어났지 못한 사람은 한 명도 없다. 특별한 줄 알았던 내가 그저 평범할 뿐이라는 사실을 깨달았을 때 나는 너무나 두려웠다. 좌절감에 모든 걸 다 포기하고 싶었던 적도 있다. 내가 가장 먼저 익숙해져야 했던 것은 경쟁에서 지는 것. 맨 처음 프로젝트부터 최근에 이르기까지 수많은 프로젝트에서 지고, 지고, 또 졌다. 그리고 앞으로도 많은 프로젝트들에서 질 것이다. 그렇게 수없이 지면서 얻은 소중한 레슨 하나. 내 생각대로 풀리지 않고 인정받지 못해도 마음의 동요가 없어야 한다는 것. 실패는 빨리 잊고 다시 일어설 수 있는 단단한 마음을 가져야 한다는 것. 그것이 지금 내가 배우고 있는 최고의 레슨인 것 같다. 그런 면에서 지금 이 시기가 고맙다.

자만심에 빠지지 말자. 나의 부족함을 받아들이자. 발전하고자 하는 열정을 잃지 말자. 디자이너가 자만심에 빠지는 순간 그 디자이너는 좋은 디자인을 할 수 없다고 생각한다. 특히 산업 디자이

───  너는 대중을 위한 상업 디자인을 해야 하기 때문에 다른 이들의
비판과 의견을 들을 줄 알아야 한다. 하지만 자신의 작품에 자신
감이 없는 디자이너 또한 좋은 디자인을 할 수 없다. 자신의 아
이디어를 자신 있게 설명할 줄 알아야 하고, 자신 있게 설득할 수
있는 능력을 갖춰야 한다. 솔직히 나는 요즘 내 가장 큰 장점인
자신감마저 잃을까 걱정이다. 분명히 할 수 있는 일인데 자신감
부족으로 역량을 펼치지 못할 때도 많다. 타국 생활의 외로움과
마음껏 소통할 수 없는 독일어 수준 또한 큰 벽으로 다가온다. 힘
없고 부정적인 나를 느낄 때면 화려했던 과거의 나와 지금의 초
라한 나를 자꾸 비교하게 되고, 결국에는 더욱 위축되는 상황이
반복된다. 하지만 그러면서 또 하나의 레슨을 배운다. '과거에 집
착해서는 절대 앞으로 나아갈 수 없다.' 지금의 상황을 부정적으
로 바라보면 끝이 없지만, 반대로 긍정적으로 바라보면 그 또한
끝이 없다. 자신감을 갖고 미래를 향해 수영할 시간이다, 진영아!

/

# 당신이 멘토는
# 누구인가요?

**가장 존경하는 사람이 누구냐고 물으면** 어릴 때는 "스티븐 호킹"이라고 대답했다. 아빠는 "아버지"가 아니라 정말 다행이라고 하셨다. 그건 너무 식상하다고. 대학교 땐 주로 "스티브 잡스". 실험적인 여자 건축가인 자하 하디드와 코코 샤넬도 좋아했다. 하지만 예전에도 지금도 스타 디자이너라고 다 좋아하진 않았다. 특히 스타성을 이용해서 아무렇게나 해놓고 함부로 의미 부여를 해대는 건 사람들을 우롱하는 것이라고 생각한다.

예를 들면 유명 디자이너가 디자인한 아사히 빌딩 같은 경우 말이다. 이 건물을 두고 디자이너는 맥주 거품을 상징하는 노란색 거품을 디자인한 것이라고 의미를 부여했는데, 내 눈에는 전혀 그렇게 보이지 않았다. 불필요한 말을 하면서 자신이 굉장히 생각을 많이 한 것처럼 포장하는 건 정말 아닌 것 같다. 그런 방식이 통하는 게 더 안타깝다. 일본 종이 건축가 반 시게루도 좋아한다. 그가 어느 인터뷰에서 자신은 친환경에 아무런 관심이 없고, 그저 종이가 좋아서 하는 것이라고 말한 것을 보고 다른 사람들의 반응에 신경 쓰지 않고 자신의 솔직한 소신을 밝히는 모습에 반했다. 자하 하디드는, 사람들이 자신의 건축물을 보고 물 같고, 아방가르드하고, 바람 같다고 평가를 하지만 정작 자신은 어디서도 영감을 받지 않는다고 말했다. 아무것도 보지 않고 어디서도 영감을 받지 않고, 자신이 생각하는 것만을 가지고 디자인했다는 그의 말이 마음에 든다. 자동차 디자이너 중에서 쿠니히사 이토를 존경한다. 굉장히 열려 있고 거침없고 자신감 넘치는 분이다. 크리스 뱅글도 존경하는 디자이너 중 한 명이다.

지금의 내게 가장 중요한 멘토는 선배이자 친구인 아디다스 디자이너 보람 언니다. 보람 언니는 대학교 3년 선배로 지금은 허물없이 지내면서 서로에게 영향을 많이 주고받고 있다. 한국에서만 자란 경우 1년 연수 정도로는 부족하고, 외국 생활에 적응하는 데도 어렵지 않을까 하는 내 막연한 선입관을 언니가 멋지게 깨주었다.

언니는 정말 잘 해내고 있다. 어떻게든 되겠지 하는 굉장히 단순한 성격도 한몫하는 것 같은데, 그런 모습이 솔직히 참 부럽다.

내가 걱정도 많고 나를 극한까지 몰고 가는 스타일이라면 언니는 늘 낙천적이고 긍정적인 성격의 소유자다. 피해 의식 같은 것도 전혀 없다. 미국식 영어, 맨체스터 악센트, 부산 사투리가 뒤섞인 이상야릇한(!) 영어를 쓰지만 언니에겐 전혀 문제될 것이 없다. 어수룩한 것 같지만 자기 일에 관해서는 굉장히 스마트하고 집중력 또한 대단하다. 그런 언니의 모습을 보면서 나도 긍정적인 영향을 많이 받았다. 언니를 보며 한국어를 배우고 싶어 할 정도로 다른 사람들에게 한국에 대한 긍정적인 이미지를 주는 자랑스러운 언니. 내가 과연 해낼 수 있을까, 라는 의심에 사로잡힐 때면 언니에게 구조를 요청한다. 본보기로 삼을 만한 사람도 중요하지만 바로 옆에 있는 친구 역시 중요하다. 같은 디자이너로 서로의 꿈을 나눌 수 있다는 것, 미래에 대해서 이야기할 수 있다는 것, 그럴 수 있는 언니가 내 곁에 있다는 것이 정말 감사하고 행복하다.

/
드디어
일복이 터졌다!

**요즘엔 아침에 눈을 뜨고 다시 눈을 감을 때까지** 정말 정신이 하나도 없다. 복잡하기만 했던 잡생각의 여정은 끝난 지 오래다. 하루 종일 핸드폰 한 번 들여다볼 시간도 없으니까. 분명히 정신없이 일했는데 집에 돌아오면 무엇을 했는지 기억나지 않을 때도 많다. 회사 안에서 여기저기 계속 걸어 다니고 전화 받고…… 하도 움직일 일이 많아서 그렇게 좋아하던 구두도 잘 안 신는다. 예전에는 운동화를 신고 출근한다는 것은 상상도 못 했는데 이제는 아무 고민 없이 운동화를 골라 신고 출근을 한다. 보통 출근 준비 시간이 한 시간에서 한 시간 반이었다면, 요즘은 10분에서 15분도 채 걸리지 않는다. 투명 메이크업, 머리 고데기 작업 생략, 아무거나 걸쳐 입기, 아무거나 신기. 무엇인가에 집중을 쏟아부을 때의 전형적인 내 모습이다. 대학 시절 샤워도 안 하고 트레이닝복에 세 줄 슬리퍼를 신고, 렌즈 대신 안경 끼고 며칠씩 야간작업을 하던 때가 생각나는 요즘. 드디어 나에게 일복이 터졌다!

벤츠에 온 이래로 작은 프로젝트들은 계속 해왔지만 아직 큰 프로젝트를 따낸 적은 없다. 그 과정은 결코 쉽지 않다. 위성 스튜디오를 합쳐 모든 디자이너들이 자신의 디자인 기획안을 내놓고 발표를 하는데 초기 스케치부터 파이널 모델까지 모든 단계가 경쟁으로 이루어진다. 모든 에너지를 쏟아부은 작품이 뽑히지 않았을 때 그로 인한 좌절감이나 스트레스는 엄청나다. 이런 시스템을 이해하고 받아들이는 데까지 오랜 시간이 걸렸다. 그리고 마침내 내 작업이 천천히 하나둘씩 회사에서 인정받기 시작했다. 이제는 모든 사람들이 내 이름을 알고, 내 이름을 불러주고, 의견을 물어준다. 큰 프로젝트들에 참여하게 되면서 이전의 힘들었던 감정은 사라지고 기쁜 마음에 가슴이 벅차오른다. 이 프로젝트들을 끝까지 지켜낼 수 있을지는 모르겠지만 뛰어난 디자이너들과 경쟁해서 여기까지 올라온 것만으로도 행복하다.

요즘은 집에 오면 저절로 미소가 지어진다. 자동차 디자이너를 꿈꾸던 학생 시절 날마다 꿈에 그리던 프로젝트들에 직접 참여하고 있으니 말이다. 늘 동경해왔던 디자이너들과 어깨를 나란히 하며 경쟁하고 있다는 사실이 아직도 잘 믿기지 않는다. 경쟁이라는 구도는 언제나 스트레스를 동반하기 마련인데 내 경우엔 긍정적인 스트레스다. 드디어 조금씩 내 모습을 되찾고 있는 느낌도 든다. 더 잘하고 싶고 열심히 하고 싶다. 이런저런 경험들을 하고 있는 이십 대 후반의 내가 정말 좋다. '맞아, 잊고 있었지만 내가 원하던 게 이런 거였지' 하는 생각도 든다. 다양한 경험을 하고 싶었고 고생도 해보고 싶었다. 그걸 통해 얻는 경험과 공부는 다른 어떤 것보다도 값진 것일 테니까. 물론 이렇게 외롭고 힘들 거라고는 예상하지 못했지만……! 나는 지금 내가 원하고 그리던 바로 그 청춘을 보내고 있다.

/
## 1밀리미터의 싸움

**좋은 일과 나쁜 일은 함께 온다.** 진행하던 프로젝트 중 하나가 파이널까지 가는 영광을 안게 되었다. 그런데 온전히 나만의 디자인이라고 할 수 없을 만큼 디자인에 많은 변화가 있었다. 일을 하면서 시중에 출시된 차들이 디자이너 개개인이 만든 작품이 아니라는 것을 알게 되었다. 어떤 자동차도 한 개인이 모든 부분을 처음부터 끝까지 디자인하기는 어렵다. 한 명의 디자이너가 대표로 나가 그 차를 모터쇼에서 발표하는 것은 사실이지만 그 뒤에는 팀워크가 숨어 있다. 개개인이 서로 다른 디자인으로 경쟁하지만 최종적으로는 보스들의 선택에 따라 좋은 부분을 섞어, 파이널 디자인 아웃풋에는 모두가 영향을 끼칠 수 있도록 방향을 잡기도 한다.

아직 내 디자인이 양산 과정을 밟은 경험이 부족해서 보스들의 주니어 파트너 정도로 옆에서 보고 들으며 많은 것을 배우고 있다. 보스들의 모습을 보면서, 그리고 나에게 주어진 역할을 소화해나가면서, 파이널 단계까지 내 디자인을 지키기 위해 어떤 능력을 갖춰야 하는지 알아가고 있다. 자동차 디자이너는 1밀리미터의 차이를 놓고 엔지니어들과 끊임없이 논쟁을 벌이고, 끝내는 설득시켜야 한다.

이 차는 디자인이 왜 이럴까? 왜 여기를 이렇게 디자인하지 않았지? 이 부분은 왜 이렇게 튀어나오게 디자인한 거야? 이 부분은 너무 식상하다…… 생각 없이 비판했던 내 모습을 수도 없이 반성했다. 양산까지의 전 과정을 가까이에서 경험하면서 출시된 모든 자동차 디자인을 존중하게 되었다.

공기 저항을 테스트하는 윈드 터널에서는 디자인 콘셉트를 지키되 이산화탄소 배출량을 최대한 낮추기 위해 밀리미터 단위로 면을 고쳐나가야 한다. 단순히 몇 밀리미터 정도인데 뭐가 다르겠어, 하고 생각했지만 실제로 보면 면이 조금씩 바뀔 때마다 전체적인 디자인에 엄청난 영향을 미친다. 엔진을 냉각시키는 인테이크 구멍에 일정 면적 이상을 쓸 수 있는 디자인, 사고가 났을 때 보호해줄 수 있는 범퍼 규정을 지킨 디자인, 사람이 탈 수 있는 디자인(지붕을 아주 낮게 만들면 어떤 자동차든지 멋있고 미래적으로 보인다. 하지만 사람이 탔을 때 안전한 시야와 공간이 확보되는 최소한의 치수를 지키다 보면 지붕은 당연히 높아진다), 트렁크에 물건이 충분히 들어갈 수 있는 디자인(벤츠의 경우, 모든 차에 무조건 골프채가 들어가야 한다), 문이 열리는 디자인(조형적으로 강한 옆면을 디자인하면 문이 열리지 않거나 열렸을 때 옆면을 건드린다)······ 친환경적이면서 안전하고 튼튼한, 그리고 빠르게 달리는 자동차를 만들기 위해서는 수많은 요소들을 점검하고, 고쳐나가야 한다.

이는 자동차 디자인뿐만이 아니라 모든 산업 디자인 분야에서 고민하는 부분일 것이다. 산업 디자이너의 임무와 목적은 단순히 예쁜 조형을 하는 데에 있지 않다. '모든 선과 면에는 이유가 있어야 한다.' 앞으로 자동차를 디자인하면서 명심해야 할 말이다. 이를 위해서 공학적인 지식을 쌓아나가야 한다. 가까운 미래에는 반드시 설득력 있는 목소리로 내 디자인을 지킬 것이다. 보스들의 도움 없이.

/
이웃집 잔디가
항상 더 푸르러 보이는 이유

**오랜만에 한국에 있는 친한 친구와 통화를 했다.** 몇 시간 동안!
외국에 있다 보면 시차 때문에 친한 친구들과도 연락하기가 쉽지
않다. 한번 연락이 닿으면 목이 쉴 때까지 밀린 이야기들을 풀어
놓는다. 정신없이 수다를 떨고, 피로감이 몰려와 침대에 누웠다.
친구는 회사에서 겪는 힘든 일들을 터놓으며 내게 말했다.
"유럽 회사들은 정말 자유롭다더라. 상사와 직원들 사이에 수직
관계도 없고…… 진영아, 네가 너무 부러워."

여기도 힘들다고 아무리 말해도 친구는 늘 같은 반응이다. 한국
보다 훨씬 더 자유로운 분위기일 것 같은 유럽의 회사들. 그런 회
사 중 한 곳에서 일하고 있는 나. 친구가 부러운 이유로 콕 짚었
듯이 내가 다니고 있는 회사는 야근이 금지 되어 있고, 휴가 일수
도 보장된다. 하지만 사람들이 상상하는 꿈의 직장과는 거리가

멀다. 말 그대로 꿈은 꿈일 뿐이니까.

해야 하는 일의 양은 지나치게 많은데 이 모든 작업을 야근을 하지 않고 마치는 건 쉬운 일이 아니다. 친구가 생각하는 여유로움과는 거리가 멀다. 주어진 휴가 날짜가 많지만, 그 휴가를 반드시 다 써야 한다. 오버 타임으로 일한 작업 시간은 또 휴가로 합쳐지는데, 연말에는 오버 타임과 휴가 날짜가 0으로 남아야 한다. 바쁠 때는 휴가를 제때 쓰지 못하고 오버 타임을 비우지 못하기도 하는데 그러면 회사에 휴가비를 반납해야 한다. 휴가 일수를 보장하지 않으면 법적으로 문제가 되기 때문에 상사들이 당장 휴가를 쓰라고 강요할 때도 있다. 한번은 조금만 더 다듬으면 내 작업이 뽑힐 가능성이 느껴지는 타이밍에 강압적으로 휴가를 떠나야 했던 적이 있었다. 돌아와서 내 작업이 중단되었다는 것을 알았을 땐 너무 속상해서 눈물이 다 났다. 만족스러운 작업물을 만들어내기 위해 끊임없이 매달려야 하는 상황에서 이 제도들은 때로 엄청난 스트레스를 준다. 시간을 많이 투자하지 못해 만족스러운 작업물이 나오지 못하면 프로젝트에 참여하지 못하고, 경쟁에서 계속 지다 보면 회사 안에서 투명인간이 된 듯한 느낌에 시달린다.

친구의 이야기를 듣다 보면 그 삶이 훨씬 더 부러울 때가 있다. 친구가 불평하는 회식 문화나 엠티 문화도 부럽기만 하다. 그곳에서 강조하는 끈끈한 동료애와 가족애가 이곳에는 존재하지 않기 때문이다. 이곳의 동료들은 그날 자신이 해야 할 분량의 일을 마치고 퇴근 시간이 되면 모두 급속도로 어디론가 사라진다. 가족보다, 친구들보다, 내가 사랑하는 사람들보다 더 오랜 시간을 함께하는 나의 직장 동료들이건만, 나는 그들이 회사 밖에서 어떤 사람들인지, 무엇을 하며 시간을 보내는지 알지 못한다.

친구의 불평 속에서도 나는 내가 그리워하는 한국의 정을 더듬는다. 실수를 했을 때 서로 감싸주기도 하고 무서운 상사들조차 때로는 부모님처럼 다독여주기도 하는 우리나라만의 문화. 경력과 나이를 따지지 않고 모두에게 기회를 주는 공평한 유럽의 기업 문화가 때로는 얼음처럼 차갑게 느껴질 때가 있다.

한동안 이런저런 내 불평을 들어주던 친구는 다시 말한다.

"그래도 난 진영이 네가 부러워!"

하지만 그건 나도 마찬가지인걸. 이웃집 잔디가 항상 더 푸르러 보인다는 외국 속담이 와 닿는 순간이다. 어디에 살든 어느 회사를 다니든 문제들은 항상 있다. 그리고 어디에나 장점과 단점이 모두 존재한다. 누구나 다 아는 식상한 말이지만 나 자신을 포함해서 정말 실천하기는 참 힘든 말, '지금 내게 주어진 상황을 감사하게 여기고 최선을 다하라.' 그것이 청춘을 현명하게 보낼 수 있는 정답이라는 걸 인정해야겠다. 내가 있는 곳이 가장 좋은 곳이고 내가 가고 있는 길이 맞는 길이다. 나는 잘하고 있다. 나만 힘든 것이 아니다. 스스로에게 최면을 거는 것도 때로는 필요하다.

/
## 일상에 지친 당신,
## 지금 당장 짐을 꾸리시길

**시속 제한이 없는 아우토반을 달리는 것.** 독일에서의 생활 중 나에게 힘이 되는 한 가지다. 독일은 유럽의 최상 위치라 할 수 있을 정도로 운전해서 쉽게 갈 수 있는 나라들이 많다. 모든 고속도로들이 시속 제한이 없어 몇 시간만 운전하면 프랑스, 스위스, 오스트리아, 이탈리아 같은 멋진 나라들을 당일치기로도 여행할 수 있다. 일주일 내내 일에 치이고, 생각이 많아지고, 외롭다고 느껴질 때면 주말에 가볍게 짐을 싸서 아우토반을 달려 여행을 떠난다. 그중 내가 운전해서 자주 가는 곳은 이탈리아와 스위스. 사진에 담기 아까울 정도로 아름다운 풍경을 보고 있노라면 마치 내가 광고 속 주인공이 된 느낌이다. 노래도 크게 부르고 잠깐 멈춰 알프스 산맥에 둘러싸인 휴게소에서 커피를 마시기도 하면서, 그동안 바쁜 일상에서 받은 스트레스를 풀고 여유롭게 생각을 정리한다.

어린 시절 미국의 대자연 속에서 자라면서도 나는 그 소중함을 몰랐다. 커서는 항상 대도시에서만 지내 도시의 화려한 매력만을 높이 샀던 것 같다. 그런데 요즘은 정말 자연이 왜 그렇게 중요한지, 우리 마음을 얼마나 위로해줄 수 있는지, 부모님께서 왜 그렇게 좋아하는 풍경을 마음에 담아두라 하셨는지 이해가 된다. 한국에 있었다면 유럽의 한 나라를 여행하려 해도 계획부터 실행까지, 그리고 경비 부담까지 생각해야 할 것이 무척 많을 텐데 여기서는 주말에 마음만 먹으면 갈 수 있으니 정말 감사한 일이다.

또 한 가지, 독일에서는 비행기를 타고 다른 유럽 지역에 오가기 쉽다. 오래전부터 계획하지 않아도 주말 비행기 티켓을 사서 즉흥적으로 떠날 수 있다니! 이따금씩 잊고 있던 그 소중함을 다시 깨우친다. 전통과 현대의 조화가 아름답게 어우러진 런던, 아기자기함과 웅장함을 동시에 지닌 파리, 밀라노의 패션과 가구들, 하이디가 튀어나올 것 같은 오스트리아의 산들과 그림 같은 작은 집들, 화려함이 느껴지는 이탈리아 코모의 호수, 해안을 따라 모여 있는 형형색색의 고급 빌라들을 볼 수 있는 포토피노의 바다, 산과 호수, 전통적인 건축물들을 함께 즐길 수 있는 스위스의 로잔, 그리고 몽블랑 설원……

여행은 디자이너인 나에게 너무나 중요한 영감을 선물한다. 세상이 얼마나 넓은지, 얼마나 다양한 사람들과 문화가 존재하는지, 요즘의 세상 풍경을 파악하는 것은 디자이너가 갖추어야 하는 가장 중요한 능력이다. 아무리 기술이 뛰어나고 아무리 리서치를 잘한다 해도 세상과 소통하는 통찰력과 공감할 줄 아는 능력이 없다면 우물 안 개구리식의 작업을 할 수밖에 없다고 생각한다. 그래서 때론 인터넷 서치를 멈추고, 보던 잡지들을 접고, 과감하게 짐을 싸서 떠나보려 한다. 훌쩍 떠날 수 없을 때가 많지만 지금 내 자리에서 벗어나 다른 곳을 경험하고 느끼는 경험은 반드시 필요한 것 같다. 지루함과 외로움을 극복하기 위해서, 그리고 더 나은 나 자신이 되기 위해서.

/
나에게
영감을 주는 것들

**디자이너라는 직업을 가진 내게 어디에서 영감을 얻느냐**는 질문은 운명처럼 피할 수 없는 것이다. 내게 어떤 특별한 대답을 기대할지도 모르지만 내가 생각하는 영감은 거창한 게 아니다. 똑같은 영화나 책을 보아도, 함께 공원을 산책하거나 여행을 해도 느끼는 것은 개인마다 모두 다르다. 마찬가지로 영감을 얻을 수 있는 방법은 정말 다양하다. 조금만 관점을 달리하면 그것은 내 주변 어디에나 있다.

깨진 컵을 이용해서 바이크를 만들었을 때의 일이다. 정말 아끼던 컵이었는데 실수로 그만 깨뜨리고 말았다. 아끼던 컵이었기에 버리고 싶지 않았고 마침 옆에 글루건이 있었다. 그걸로 새로운 조형물을 만들어보면 어떨까 싶었고, 장식이 될 만한 게 없을까 생각하다 보니, 그 자리에서 컵을 이용한 바이크를 만들게 됐다.

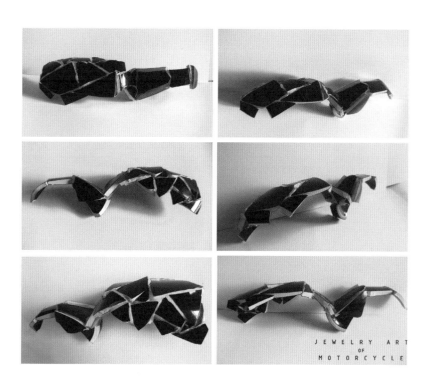

─── 이런 방식의 작업이 처음은 아니다. 엄마가 가지고 있던 예쁜 패턴의 스타킹이 있었는데 내 마음에 쏙 들어 그걸 엄마에게 달라고 해서 신고 다녔다. 어느 날 구멍이 나서 더 이상 신을 수 없게 돼버렸지만 절대 버리고 싶지는 않았고, 그때 마침 새로운 조형 아이디어를 찾고 있었다. 스타킹을 이용해 만들어볼까 싶어 철사로 조형물을 만들고 스타킹으로 감쌌다. 그것도 독특한 바이크가 되었다.

이렇게 사소한 것에서 영감이 떠오를 수 있으니 아무 생각 없이 그냥 돌아다니는 것이 최선의 방법일 수도 있다. 때로는 쇼핑도 도움이 된다.

인터넷으로 자료를 검색하고 있으면 제대로 공부하는 느낌이 들지 않는다. 겉핥기식으로는 가능할지 모르겠다. 어떻게 정보를 서치하고 정리해야 하는지, 어떤 키워드를 사용해야 하는지 아는 것도 유용한 기술이겠지만 다들 그렇게 한다면 모두 똑같은 디자인이 나오지 않겠는가. 쉽게 요령만 터득하려 한다면 제대로 된 디자인을 할 수 없다. 영감이라는 말 자체도, 어떤 방법을 따르기보다 자유롭게 보고 느끼고 상상해야 한다는 의미가 포함된 게 아닐까?

내게 있어 영감을 얻는다는 것은 다른 사람이 이룩한 신화를 깨뜨리는 것이다. 누군가가 이미 시도한 방법을 그대로 따라해서는 절대로 내 것을 이룰 수 없다. 수학 문제를 풀듯, 그렇게 영감이라는 게 어떤 공식에 의해서 뚝 떨어지는 게 아니라는 말이다.

가끔 주변에서 자신의 전공 분야가 아니면 무조건 경계를 두는 사람들을 볼 때가 있는데, 그런 경계를 두지 않고 여러 분야에 관심을 갖는 것도 영감을 찾는 데 있어 매우 중요하다. 디자이너라고 디자인적으로만 문제를 풀려고 하는 건 촌스럽다고 생각한다. 난 그런 촌스러운 사람이 싫다. 자신이 가지고 있는 것, 자신만의 방법에 대한 프라이드를 가지는 것과 벽을 쌓는 것은 다른 문제인 듯하다. 자유로운 사고와 열린 마음을 갖는 것. 영감은 바로 거기에서부터 시작된다.

/
## 당장 내일이 되어버린,
## 영원히 올 것 같지 않던 삼십 대

**여느 이십 대 후반의 여성들처럼 나도 요즘 들어** 부쩍 진정한 행복이 무엇일까에 대해 고민을 많이 한다. 자동차 디자이너가 되겠다고 마음먹는 순간부터 앞만 보고 달렸던지라 자동차 디자이너가 되고 나서의 삶에 대해서는 꿈꾸고 생각할 시간조차 없었다. 자동차 디자이너는 혼자 사업을 하는 것도, 중소기업에서 일하는 것도 쉽지 않아서 반드시 대형 자동차 기업에 취업을 해야 한다. 전 세계를 무대라고 본다 해도 자동차 기업은 손에 꼽힐 정도로 적고 또 그 안에서 디자이너의 수도 적으니, 자동차 디자인을 공부하는 모든 학생들이 자동차 디자이너로 일하기는 쉽지 않은 것이 사실이다. 또 기업들이 여러 나라에 흩어져 있어 공부를 하는 동안에도 내가 어느 나라에서 살고 일을 할지 계획하기가 힘들다.

2015년, 나는 한국 나이로 딱 서른이 된다. 나의 삼십 대를 상상하며 하루를 다 보낸 적도 있다. 즐겁고 설레고 기대될 때도 있지만 걱정이 앞설 때도 있고, 걱정이 끊이질 않아 뜬눈으로 밤을 새우는 날도 있다.

외국에서 일하며 살다 보니 고민이 조금 더 깊어진다. 결혼도 하고 싶고, 아이도 낳고 싶다. 무엇보다 한곳에 정착하고 싶다. 말도 잘 통하지 않는 독일에서 가족들 없이 정착할 수 있을지, 초인적인 집중력을 요구하는 이 직업을 육아와 함께 병행할 수 있을지, 자동차 기업은 특정 지역에 묶여 있는데 남편과 같은 도시에서 일을 할 수 있을지, 독일에서 아이를 키우는 건 어떨지…… 고민이 고민의 꼬리를 문다.

> ○
>
> 내 고민의 답은 하나다.
> 일과 삶의 균형 맞추기.

이전에는 자동차 디자인계에 발을 들여놓겠다는 것이 유일한 목표였다면 지금의 내 목표는 개인적인 삶과 회사에서의 일의 균형을 맞추는 것이다. 삼십 대의 내가 회사에서도, 가정에서도 행복했으면 좋겠다. 요즘은 소소한 행복이 얼마나 중요한 것인지 절감한다. 엄청나게 성공한 멋진 싱글로 살아가는 것과 일 욕심을 조금 버리고 작은 성취감들이 있는 행복한 가정을 꾸리고 사는 것 중 선택을 하라면 지금의 나는 망설임 없이 후자를 택할 것 같다(이십 대 초반의 나는 말할 것도 없이 전자를 택했을 것이다). "사랑보다는 성공"이라며 떠들고 다니던 어린 시절을 돌아보면서, 일에서는 엄청나게 성공한(한때는 내 롤 모델들이었던) 동료들의 드라마틱한 가정사를 보면서 다시 한 번 깨달았다. 이 세상의 어떤 성공도 사랑을 기초로 한 성공보다 값질 수는 없다는 것을.

# 약속은
# 함부로 하지 말 것

**나는 언제나 운명을 믿었다.** 힘든 일이 있으면 나에게 맞는 길이 열리겠지, 고민이 있으면 해답이 찾아오겠지, 그렇게 믿으면서 견뎌냈고, 그러다 보면 정말 생각했던 대로 일이 자연스레 풀렸다. 인연도 마찬가지인 것 같다. 대학 시절부터 유럽에 와서 살기까지 몇몇 사람들을 만났지만 마음 깊은 곳에서 내 마지막은 이 사람일 것 같다, 하는 이상한 믿음을 갖게 되는 사람이 있었다. 그와는 내가 갓 스무 살이 되던 해에 대학교 같은 과 동기로 만나게 되었다. 설레는 마음으로 들어온 대학에서 가장 먼저 눈에 들어왔던 그는 신기하게도 내가 어린 시절부터 꿈꾸던 미래의 남편상에 딱 들어맞았다. 문제는 그런 사람을 너무 어린 나이에 만났다. 결혼을 꿈꾸기에 너무 어렸던 우리는 농담 반 진담 반으로 이십 대 후반부터 연애를 시작하고 서른이 되기 전에 결혼하자고 약속했지만, 친구로서의 관계가 깨질까에 대한 두려움과 한사람과 8, 9년을 연애해 결혼하고 싶지는 않다는 어린 생각으로 끝내

연인으로 발전하지는 못했다.

우리는 서로에 대한 끌림을 간직한 채 각자 다른 사람들을 만나 연애를 했고, 그런 환경 속에서도 친한 친구로 지내자던 약속은 당연히 지켜지지 않았다. 그렇게 우리는 몇 년간 대화조차 하지 않는 사이로 각자의 삶을 살았다. 그러다 시간이 흘러 드문드문 좋았던 추억들이 생각나던 무렵, 군대에서 제대한 그를 다시 만났다. 우리는 또 서로에게 끌려 잠깐 만남을 가졌지만, 나는 영국으로의 유학이 확정되어 있는 상태였다. 우리는 끝내 미련만 가득 남기고 다시 헤어졌다.

유학 중에 잠깐씩 한국에 들어올 때마다 그 친구를 만났다. 만나는 순간부터 끌리는 괴이한(!) 현상이 일어났지만 장거리 연애를 하기에는 서로 자신이 없었고, 하고자 하는 일에 대한 야망이 사랑보다는 조금 더 컸던 우리였다. 큰 세상을 보고 싶어 하고 다양한 경험을 하고 싶어 하는 마음은, 나도 나였지만 그가 강했다. 대학원 졸업 후, 내가 뮌헨에서 직장 생활을 시작했을 때 그는 시카고에서 일하고 있었다. 내가 회사를 옮겨 슈투트가르트로 이사를 왔을 때 그는 상해로 옮겨 가 있었다. 중간중간 한국에서 머무는 시간이 겹쳐 짧은 만남을 가질 때마다 우리는 시간 가는 줄 모르게 수다를 떨었고, 또다시 잊고 있던 괴이한 마력을 실감하며 다시 서로가 속해 있는 곳으로 되돌아가곤 했다. 그렇게 시간이 흘러 나는 정말 이십 대 후반이 되었다. 친구들과 결혼에 대한 꿈과 고민을 함께하는 시기가 찾아왔다. 결혼이라는 것을 상상할 때마다 이상할 만큼 그가 떠올랐지만 서로 너무 멀리 떨어져 살고 있던지라 현실적으로 불가능하겠구나 생각하며 마음속에서 그를 밀어내곤 했다.

2013년. 우리가 알게 된 지 딱 9년이 되던 해에 그는 제품 디자인 전공으로 스위스 대학원에 진학했다. 그 어느 때보다도 가까운 곳에 살게 된 우리. 모든 것이 운명처럼 느껴졌다. 어린 시절 꿈꿔왔던 대로 우리는 본격적인 연애를 시작했다. 대부분의 시간을 외국에서 보낸, 나의 예비 신랑. 그래서 나와 많은 부분이 비슷하다. 새로운 시도를 즐기고, 그에 대한 두려움이 적은 것까지도. 지난여름, 파리 여행 중에 나는 프러포즈를 받았다. 우리는 몽마르트르 언덕의 성당에서 약혼을 했다. 완벽했던 그의 프러포즈 계획은 하나도 이루어지지 않았고 결국은 집시와 비둘기 들이 가득한 몽마르트르 벤치에서 하게 되었지만……. 올 가을, 한국 나이로 딱 서른에 우리는 결혼식을 올릴 예정이다. 예비 신부 자동차 디자이너는 요즘 행복하다. (틈날 때마다 회사 컴퓨터로 웨딩드레스 영상들을 보느라 남자 동료들이 놀리긴 하지만.) 예비 신부 자동차 디자이너는 주말이면 더 행복하다. 우리는 거의 한 번도 빠뜨리지 않고 매 주말마다 만나고 있다. 내가 가기도 하고 그가 오기도 한다. 4시간 거리에 살고 있지만 오가는 거리의 경관이 아름다워 생각보다 시간은 빨리 지나간다. 예비 신랑이 살고 있는 스위스의 도시 로잔은 에비앙 호수가 바로 눈앞에 펼쳐져 있고 그 뒤엔 알프스 산맥이 자리를 잡고 있어 아름다운 경치는 말로 표현할 수가 없다.

우리는 유럽의 최적 위치에 살고 있다는 이점을 최대한 활용하겠다는 당찬 각오로 스위스 근처 도시들, 독일의 도시들, 오스트리아와 이탈리아의 도시들을 돌아다닌다. 덕분에 본격적인 연애 기간이 그렇게 길진 않았지만 함께 쌓은 추억은 풍성하다. 내가 혼자 꿈꾸던 미래가 이제는 우리가 함께 바라보는 미래로 바뀌어 간다. 내년 여름에 석사과정을 마치는 그와 일하며 살아갈 신혼집을 정하느라 때로는 하루 종일 긴 회의(?)를 하곤 한다. 다양한 경험을 하고 싶다던 어렸을 적 꿈을 우리는 앞으로 함께 이루어 나가기로 약속했다. 디자이너 부부가 될 우리의 미래를 상상하면 얼굴에 미소가 그려진다.

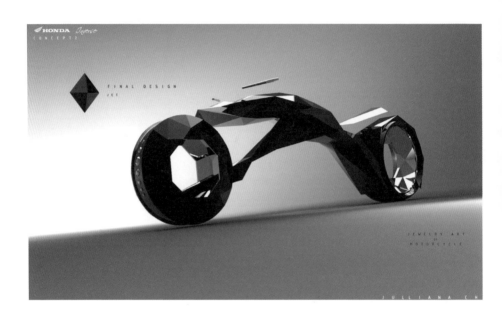

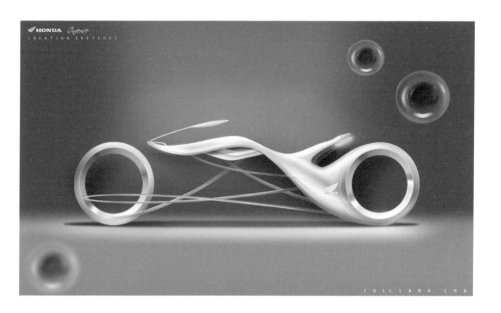

자동차 그리는 여자

초판 1쇄 발행 2015년 2월 10일
초판 2쇄 발행 2021년 11월 20일

지은이 조진영
펴낸이 정중모
펴낸곳 도서출판 열림원

등록 1980년 5월 19일(제406-2000-000204호)
주소 경기도 파주시 회동길 152
전화 031-955-0700 | 팩스 031-955-0661
홈페이지 www.yolimwon.com | 이메일 editor@yolimwon.com

ⓒ 조진영, 2015
ISBN 978-89-7063-837-9 03810
● 책값은 뒤표지에 있습니다.

이 도서의 국립중앙도서관 출판예정도서목록(CIP)은 서지정보유통지원시스템 홈페이지(http://seoji.nl.go.kr)와
국가자료공동목록시스템(http://www.nl.go.kr/kolisnet)에서 이용하실 수 있습니다.(CIP제어번호: CIP2015001459)